第二天

祕密對決②

搞笑脫口秀

「BUNANAMAN」、「噗嚕大柴」
「UNTOUCHABLULU」、「OH BLUE」

紀錄片

《賽車》3D
特效不可期待
技術完全沒有之
3D電影放映

原著
《怪傑佐羅力之恐怖的賽車》

歌謠秀

已退休的演歌泰斗
北島三噗嚕之歌謠秀

第三天

祕密對決③

DOUBLE
家族
全員到齊
DOUBLELU YOUNG、
DOUBLELU 健二
DOUBLELU MORE MORE、
DOUBLELU COLON

《噗嚕嚕——噗嚕美術館之
仿畫完成前》

原著
《怪傑佐羅力之偷畫大盜》

GROUP
SOUND
搖滾樂團特別節目
噗嚕嚕莊園、噗嘰小建與牛仔褲

第四天

祕密對決④

搞笑脫口秀

龐克噗嚕噗嚕、噗嚕嚕重拳出擊
諾噗嚕摳噗嚕、倫敦噗嚕滋

紀錄片

《二〇〇一年嘉年華冠軍的
未來去向》

原著
《怪傑佐羅力之恐怖嘉年華》

歌謠秀

少女團體「哞少女」 所有演出者將搭乘
噗！SIX 噗嚕嚕食品的花車
小熊噗、小啾 華麗登場

第五天

祕密對決⑤

搞笑脫口秀

噗嚕嚕藍狗秀
將臉龐塗成
藍色的鬥牛犬之
歡樂演出

紀錄片

《大胃王選手權》
片中將有噗嚕嚕公司的
零食產品盛大登場

原著
《怪傑佐羅力之吃吧吃吧！成為大胃王》

歌謠秀

Blue & Green
邊緣人故事 環保鑲嵌磁磚

怪傑佐羅力之機器人大作戰

文·圖 **原裕** 譯 周姚萍

摳噗嚕，你過來看看這個。
噗嚕嚕休息室
各位親愛的讀者，這扇門的後面，噗嚕嚕和摳噗嚕好像正在展開噗嚕嚕食品的祕密會議。咱們別讓噗嚕嚕他們發現，悄悄的打開門來偷看一下吧。
哇！這真是太酷了啊！噗嚕嚕董事長。
咖哩
一箱12盒
噗嚕嚕湯品
噗嚕嚕芋片
噗嚕嚕

房間裡面，竟然聳立著一個巨大的相撲力士造型機器人。
我說摳噗嚕啊，這個暑假，我們噗嚕嚕食品就要連續五天舉辦能讓闔家親子同樂的「噗嚕嚕節目秀」。而且，我計畫要用這個巨大的機器人「噗嚕海」，來進行「機器人相撲大賽」，作為這次噗嚕嚕節目秀最大的亮點。要是讓電視臺轉播比賽，大力鼓吹強力宣傳，帶來好評的話，本公司的聲名就會揚名全世界，你說對吧？
哇哈哈哈哈哈
嚕嚕牛奶糖

噗嚕海
真不愧是噗嚕嚕董事長啊。不過，舉辦相撲比賽的話，一定要有對手吧？

聽到摳噗嚕這麼一問，噗嚕嚕董事長自信滿滿的說：

「摳噗嚕，你沒忘掉三個月前我們新發售的噗嚕嚕洋芋片吧？」

「當然沒忘記。我們特別將馬鈴薯切到最薄最薄，薄到超乎想像的程度，再加工成大波浪的形狀烘烤，讓它看起來超有分量。那可是本公司得意的騙人商品哪。」

「那不叫騙人，

而是能夠極致節省原料的環保商品哪。更可以說是追求最細緻酥脆口感的終極洋芋片哪。」

「對、對不起，董事長。您說得對。」

「再說呢，摳噗嚕，這可是咱們第一次在洋芋片裡附贈中獎券吧。」

「對、對啊！沒錯！而且……

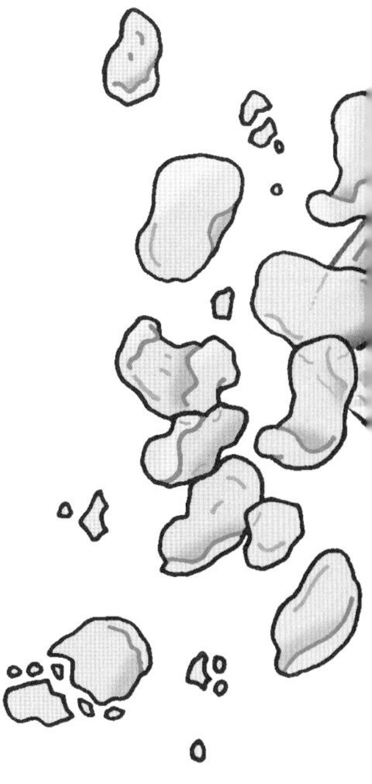

雖然每包洋芋片都會附贈中獎券，
但是因為本公司採用了很有創意的
中獎券形式，所以中獎這件事，
是絕對不會發生的啦。

●就像這樣，儘管每包洋芋片裡面一定有一片印上「恭喜中獎」字樣的洋芋片……

●但是由於洋芋片實在太薄啦，不管你想怎樣小心拿出來……

○噗嚕嚕食品公司推出過
許多創意中獎券形式的商品，
如果想要了解更多，
請看：
《怪傑佐羅力之勇闖巧克力城》
《怪傑佐羅力之恐怖的賽車》

●在你吃進嘴裡之前，
洋芋片就已經變成碎片了，
根本看不到「恭喜中獎」。

「所以，
不管哪位顧客，
都會在沒發現袋內有
『中獎券』的情況下，
將洋芋片吃光光的。」
噗嚕嚕打開窗戶，
指尖指向了——

一座矗立在山丘上的蛋糕城。
蛋白酥餅乾
布丁
超級巨蛋大泡芙
裡頭包覆滿滿的奶油餡
杯子蛋糕
塗在牆上的是鮮奶油
冰箱裡面塞滿了冰淇淋蛋糕
馬卡龍
香甜蘋果派
哈密瓜奶油蛋糕
甜甜圈
瑞士蛋糕捲
手工棉花糖
櫻桃派
呵呵呵，很豪華的贈品吧。摳噗嚕，一個星期後，我們即將舉行「機器人相撲」大對決，這個呢，就是用來引誘對手參賽的圈套。
噢，這樣嗎，原來如此。

三種口味
巧克力
由上到下
・白巧克力
・牛奶巧克力
・草莓巧克力
新鮮水果果凍
芭菲
閃電泡芙
巨大蛋糕城
卡士達奶油醬
融化的巧克力醬會從屋頂噴湧而出
巧克力蛋糕
法式千層酥
各種口味起司蛋糕
各種口味戚風蛋糕
蜂蜜蛋糕
有個男的，他非常非常想要城堡，而且他絕對會以本公司絕對中不了的獎券作為目標跑來。這個人呢，他就是……

相信你也非常清楚。

就在噗嚕嚕從嘴裡說出這個名字之前——

中了，中了，中獎了耶。

佐羅力帶著伊豬豬和魯豬豬，一起從蛋糕城所在的山丘飛奔而下。

「喔，佐羅力先生，我等你等了很久耶。」噗嚕嚕很高興的說道。

怪了，你們公司總是騙人賣假貨，這一次，居然是貨真價實的城堡耶，我剛剛都已經查證確認過了，我超喜歡的！來吧，快把那座城堡給我吧。

○想更加了解噗嚕嚕食品公司如何偽造商品的人，請看：

·《怪傑佐羅力之勇闖巧克力城》

·《怪傑佐羅力之恐怖的賽車》

·《怪傑佐羅力之吃吧吃吧！成為大胃王》

聽到佐羅力的指示，伊豬豬和魯豬豬就捧出一個玻璃瓶，裡頭裝著小心翼翼放進去、上頭印著『中獎了』字樣的洋芋片。

「不知道佐羅力先生有沒有好好瞧瞧袋子的反面呀？」

噗嚕嚕露出狡猾的笑容。

「那是當然的囉，那裡……」

佐羅力將袋子轉到背面——

這就是超豪華贈品
如果有『恭喜中獎』字樣，
那便是你獲得巨大蛋糕城的
絕佳機會。

遮到噗嚕嚕眼前。

那裡清清楚楚寫著：

「如果有『恭喜中獎』字樣，
那便是你獲得巨大蛋糕城的
絕佳機會。」

噗嚕嚕不慌不忙拿起袋子說：

「唉呀呀，佐羅力先生啊，
我所說的袋子「反面」，
指的是……」

噗嚕嚕將洋芋片
的包裝袋，

啪哩！

一聲，撕開。
並且指著袋子的內側說：
「就是這裡呀。」
「什麼——」
原來，袋子裡面還寫著這樣的說明。

恭喜中獎
特別恭喜能夠拿到印有『恭喜中獎』字樣洋芋片的顧客。您將能夠擁有獲得蛋糕城的權利。
詳情請看反面包裝袋的中獎規則
恭喜中獎
擁有獲得蛋糕城的權利……
沒錯，也就是你有權利用你所製作的機器人，與我們公司的機器人進行相撲比賽。只要你的機器人能夠獲勝，那麼，山丘上那座蛋糕城便是屬於你的啦。

「那……比賽訂在什麼時候？」

「一個星期後。」

「什麼？一個星期！一個星期根本就做不出機器人嘛。」

聽到佐羅力這麼一說，噗嚕嚕立刻接話。

「請你放心。」

於是，噗嚕嚕帶頭先走出了那個房間。

噗嚕嚕帶著佐羅力三人，直接來到即將作為表演場地的體育館。
相撲力士機器人，會從這條相撲力士的出場通道「花道」，走向前方的競技場「土俵擂臺」。
巨幅布幕
一共四面播放紀錄片的投射布幕將會由舞台上方垂降而下。
這裡就是用來進行比賽的土俵擂臺。
花道
五天的觀賞招待券已經全數發放完畢。演出當天，觀眾席將會被家長與孩子塞得滿滿滿。

嚕嚕嚕
巧克力
嚕嚕嚕
是不是很酷啊？
歌謠秀和搞笑脫口秀也將會在這個舞臺上演出。
這個方向看過去，就能看到你想要的蛋糕城啦。
另外一側還有一間休息室，來，讓我帶你們一起過去看看吧。那裡……
四周會有二十臺的攝影機拍攝現場狀況，而且在世界各地同步進行轉播。
來，請往這邊走。

格局與噗嚕嚕休息室一樣，
房間裡也放著一個
一模一樣的
相撲力士機器人。

我們的機器人「噗嚕海」，
就是以這個機器人為原型
改造而成的。
不管是工具或材料，
也都以相同的條件準備好了。
你們可以愛怎麼改就怎麼改。
怎麼樣呢？
還是說，
你們打算白白浪費掉
洋芋片裡面的「中獎券」，
不參加比賽
就回去呢？
拍手拍手

嗯，不就是改造嘛！以這樣的條件來說，有一個星期的時間應該沒問題。我會讓你們看到本大爺如何順利得到蛋糕城的！

於是，噗嚕嚕對著下定決心的佐羅力，遞出了合約——

這就是機器人相撲比賽的合約。
佐羅力先生要是反悔，我會很傷腦筋的，所以麻煩你立刻在這份合約上面簽名。
機器人相撲比賽合約
●這場機器人相撲比賽，是連續五天、每天舉辦的「噗嚕嚕節目秀」之壓軸且重要的盛大活動。
●這場秀將由電視臺進行轉播，毋庸置疑的，它會是全世界觀眾所矚目的盛事。
●在五次的對戰中，最先獲得三次勝利的隊伍為優勝者。
●於此鄭重約定，當佐羅力隊獲勝時，一定將噗嚕嚕特製的「蛋糕城」送給佐羅力。
噗嚕嚕董事長
BURURU
佐羅
哇喔，會有電視轉播耶——

佐羅力想像著自己的機器人在比賽中表現傑出、大出風頭的場景，

他高高興興的簽下合約，期盼能得到城堡，又能娶到美麗的新娘。

接著，噗嚕嚕便飛快拿起合約翻到背面，遞到佐羅力的面前。

原來背面還有合約內容呢。
●此外，當噗嚕嚕隊獲勝時，佐羅力先生就得成為噗嚕嚕食品公司不支薪的廣告宣傳部部長，必須一輩子為噗嚕嚕食品公司工作。
好的，合約立即生效。
你剛說
什麼——
我發現，到現在為止，只要噗嚕嚕食品公司的活動和你扯上關係，本公司零食點心的銷售量就會突飛猛進往上升。
產品銷售量
勇闖巧克力城
恐怖的賽車
恐怖嘉年華

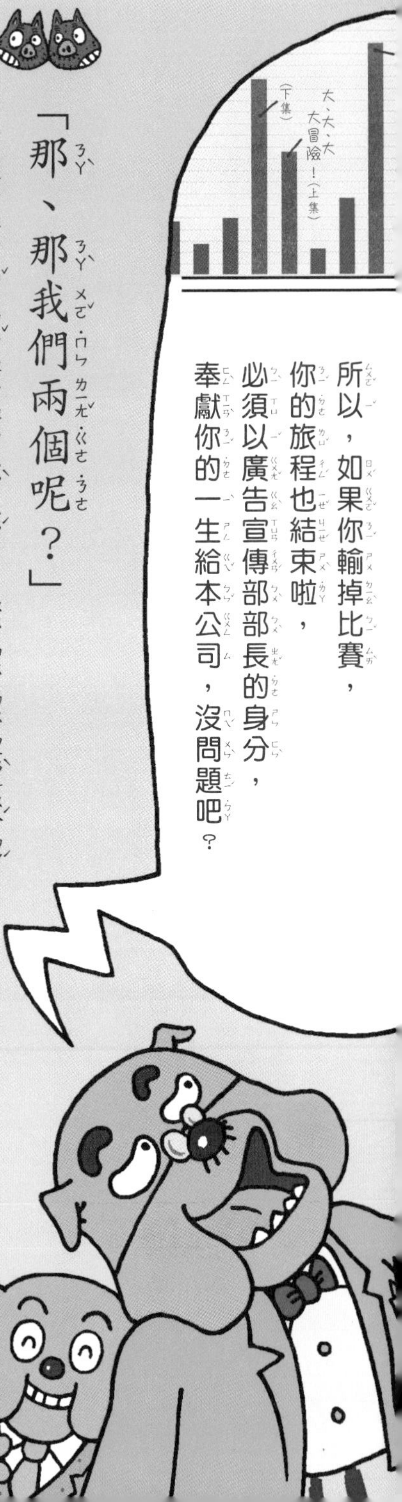
大、大、大
大冒險！(上集)
(下集)
所以，如果你輸掉比賽，
你的旅程也結束啦，
必須以廣告宣傳部部長的身分，
奉獻你的一生給本公司，沒問題吧？

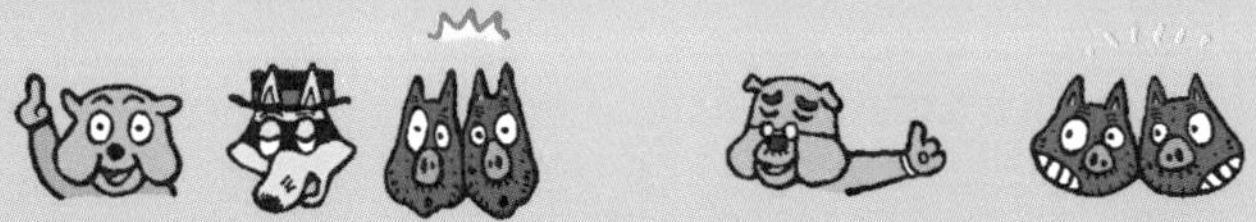

「那、那我們兩個呢？」

伊豬豬與魯豬豬問完，噗嚕嚕便回答：

「由於我並不需要你們兩位，所以請兩位像之前一樣，愛去哪兒旅行就去哪兒旅行囉。」

「嗚哇——佐羅力大師，我們不想離開你啊——」

「別擔心。只要我們贏了，一切都不會有問題的啦。」

「沒錯，沒錯。那麼，就由我來說明比賽細節吧。」

摳噗嚕跑到佐羅力面前說道：

「一個星期後，比賽就在您剛剛所參觀過的體育館內的土俵擂臺舉行。五天比賽當中，最先獲得三次勝利的機器人隊伍，就是優勝者。每場比賽後到隔天比賽前，各隊可以任意的重新改造機器人。至於比賽的規則……」

「你說的比賽，就是相撲吧？」

「沒錯，就是相撲……」

伊豬豬和魯豬豬，將準備繼續說下去的摳噗嚕，連同噗嚕嚕一起推出門外。

嗯，我知道只要把對手推出土俵擂臺，或是狠狠用盡力氣讓他跌倒，就算獲勝了，對吧。比起聽什麼比賽規則，我們得趕快動工啦，一定要在短短的一個禮拜內，改造出最強的相撲力士機器人。你們快走吧。
沒錯沒錯，快走吧。
啊，可是，我還沒說明完耶……
咚咚
咚咚

來吧，佐羅力最為擅長的改造，
終於要展開了。
要如何改造呢？
首先，得充分了解對手才行。
佐羅力他們，盡全力回憶出噗嚕嚕的「噗嚕海」具有哪些特徵，
試著畫在黑板上並加以標註。

噗嚕海
噗嚕海的腿很短
噗嚕海的食指很長，這是要使用在什麼地方？

·兩隻手掌特別大，究竟原因何在呢？

不過只靠這樣，還是沒辦法完全研究出對手有什麼裝置。這時，伊豬豬大叫：

佐羅力大師！你快來看看這個。
特別下垂的兩頰，藏有什麼祕密嗎？
手臂上的突出物是武器嗎？
插在腰帶上的剪刀，到底要用來做什麼呢？

伊豬豬使用房間裡的電腦，查詢出各種相撲決勝技，現在正全部顯示在螢幕上。

後仰側摔
閃躲拍背
抱頸摔
內側勾腿
推背出界
抱臂扭倒
胯下抱倒
腳跟掃倒
外側勾腿
抱腿挺倒
強屈下跪
提出外場

佐羅力盯著電腦螢幕好一陣子，
認真思考噗嚕嚕到底是
如何改造機器人，
以及他會為機器人的功能
設定哪些決勝技。突然，
他站起來大叫：

我知道啦！
下手側身拋
上手側身
推倒
踢腿拉
推出
連撞推
撞推出
過肩摔

設計出大大的手掌，一定是為了要施展「掌擊側臉側頸」的決勝技。
啪啪
一步兩步三步
啪啪
啪啪
啪啪
藉由「掌擊側臉側頸」，將對手逼到土俵擂臺的邊緣——
伸出兩根長長的食指，給予對手致命的一擊。
看招！
咚—噹
噗嚕嚕
那麼，那把剪刀是要用來做什麼的？
你看，這裡的相撲規則不是寫著：如果相撲力士的腰帶被弄掉，就輸啦。
新發售
噗嚕嚕
洋芋片

「啊，
對吼。
他們想用那把剪刀，
把我們機器人的腰帶剪斷，
讓機器人全身光溜溜，好獲得勝利。」

「哼，卑鄙的傢伙。知道了這些以後，我們一定要……」
看起來，佐羅力他們已經完全掌握足以贏得勝利的改造方式啦。
他們也如期在比賽當天早上，完成改造……

佐羅力所改造的相撲力士機器人

「佐羅山」正式誕生！

研究過「噗嚕海」的整體設計後，
精心改造、製作而成。

•腰帶的四周
利用透明膠帶
層層纏繞，
想用剪刀剪斷，
也困難重重。
•加裝上
閃爍的燈光
作為裝飾，
深具流行感。
手掌比「噗嚕海」大上一個等級。可率先以「掌擊側臉側頸」的決勝技猛擊，迫使對手退到土俵擂臺邊緣。
啪啪
啪啪
啪啪
•腳的底部
還加裝了
吸盤。
•腳上有爪子
可以緊緊抓住
土俵擂臺。

「我已經迫不及待要看到噗嚕嚕露出震驚的表情了。」佐羅力他們緊緊抓著遙控器，一起意氣風發的走向會場。

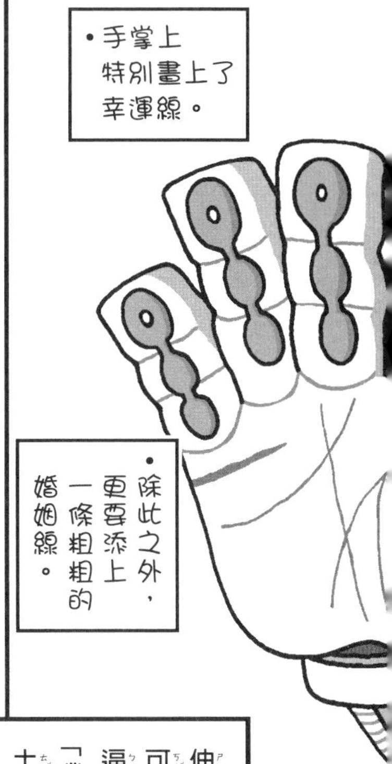

•手掌上特別畫上了幸運線。
•除此之外，更要添上一條粗粗的婚姻線。

伸出突肚臍，可將已經被逼到邊緣的「噗嚕海」一舉撞出土俵擂臺外。
咚—噹
讓他們仔細瞧瞧本大爺的操縱技術有多強！

整個會場都被觀眾塞爆了。
佐羅力他們在全場的歡聲雷動中，
大步從花道走向土俵擂臺。

比賽的對手「噗嚕海」
以及噗嚕嚕、摳噗嚕，
已經在土俵擂臺的另一頭等著。
當佐羅力一讓「佐羅山」
坐在土俵擂臺的下方，
就聽到主持人
迫不及待的喊出：

「西軍，噗嚕海。

東軍，佐羅——山。」

佐羅力趕緊操縱著遙控器，讓「佐羅山」登上土俵擂臺。

突然間，一張巨大的紙張在眼前降落而下，

裁判大聲叫道：

「好的，開始動手做，開始動手做，開始動手做——」

①

佐羅力愣住了，對手「噗嚕海」卻已經從腰帶中俐落抽出剪刀，喀擦喀擦剪起來。

而且，才一轉眼，就做出一個巨大的紙力士放上了土俵擂臺。

②

「好，『佐羅力山』也開始動手做。」裁判轉向佐羅力，催促著說。

「所以，相撲的意思是、是紙力士相撲嗎？我沒聽說要這樣比啊——」佐羅力簡直快要哭了。

這時，摳噗嚕答話了：

一個禮拜前
我就要向你們說明的，
可是你們卻
一句也不想聽，
還硬是把我們
趕出休息室，
不是嗎？

「你們看，
觀眾們都等得不耐煩啦。
佐羅力先生，
快點用這個剪出紙力士吧。」
噗嚕嚕操縱著遙控器，
讓「噗嚕海」將手上的巨大剪刀
遞給「佐羅山」。

●由於「佐羅山」的手指太過粗大，根本塞不進剪刀握柄上的洞，只好把纏在腰帶上的透明膠帶拿出來黏好、固定住。

然而，「佐羅山」又大又粗的手指，
完全沒辦法好好拿住那把「噗嚕海」送過來的剪刀。
伊豬豬和魯豬豬利用透明膠帶，
將剪刀固定在「佐羅山」的手指上，
再經由佐羅力操縱遙控器，想盡辦法才剪出來的紙力士，就是像這樣慘不忍睹的模樣。

不過，這並不是考驗手指靈巧度的競賽。

真正的紙力士比賽現在才要開始。

「放手一搏，加把勁！開始！」

裁判發出一聲吆喝——

「噗嚕海」那
長長的食指
開始在土俵擂臺邊緣，
有節奏的敲打著。
接著，噗嚕嚕的紙力士
就像有了生命般，
朝著佐羅力的紙力士
步步逼進，
而且讓它不斷往

土俵擂臺的邊緣後退。
佐羅力當然不能
默默看著情勢
這樣發展下去。
他有樣學樣，
試著讓「佐羅山」的手指，
在土俵邊緣敲出
巨大的聲響。
然而——

啪答！

佐羅力
這邊的紙力士
失去平衡，
一下子
倒地不起。
於是裁判判定
「噗嚕海」獲勝；
想不到比賽才剛剛開始而已，

就這樣結束了。

「這算什麼比賽嘛。」

「無聊死了——」

伴隨著冷言冷語，

觀眾紛紛拿起屁股下的坐墊，

從觀眾席扔向土俵擂臺。

「各位請聽我說。」

這時，佐羅力站了起來，

他面對觀眾席說：

「唉呀呀，

要是本大爺知道
所謂的相撲是紙力士相撲，
就不會輸得這麼難看。
各位親愛的觀眾，
明天，本大爺保證，
一定會讓大家看到
最精采的對戰，
敬請期待。

佐羅力斬釘截鐵的
當眾宣布之後，
便立即帶著「佐羅山」
往休息室走去。

我正想跟佐羅力
說清楚明天的比賽方式，
他卻不聽，真是傷腦筋啊。
唉，算了，摳噗嚕，
我們也該去進行改造，
為明天的賽事做準備了。」
「是的，遵命。」
噗嚕嚕和摳噗嚕也帶著「噗嚕海」，
回到了休息室。

佐羅力他們一回到休息室，立刻卸下「佐羅山」身上那些沒用的裝置。

「不管是誰，聽到要讓兩個巨大的機器人進行比賽，都會覺得一定是專業力士互相角力的相撲比賽呀。」

魯豬豬嘟囔著說。

「對啊，就是嘛。不過，現在我們已經知道是紙力士相撲賽，那就絕對能讓那個長得像噗嚕嚕的機器人吃下敗仗。」

佐羅力要伊豬豬利用電腦查詢調查紙相撲力士的外觀及致勝技巧，並將這些相關資料當作參考，開始進行改造。

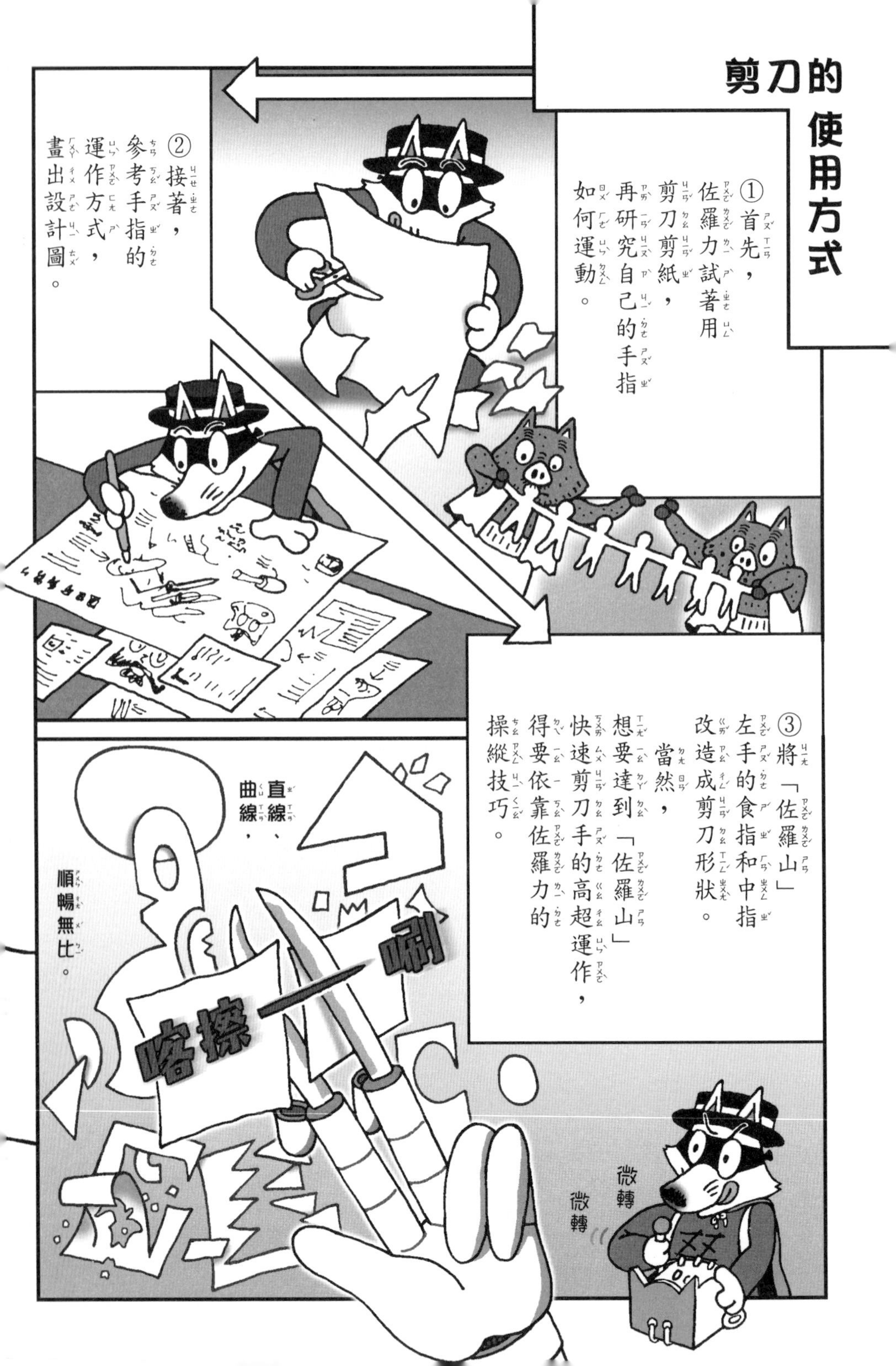
剪刀的使用方式
①首先，佐羅力試著用剪刀剪紙，再研究自己的手指如何運動。
②接著，參考手指的運作方式，畫出設計圖。
③將「佐羅山」左手的食指和中指改造成剪刀形狀。
當然，想要達到「佐羅山」快速剪刀手的高超運作，得要依靠佐羅力的操縱技巧。
直線、曲線，
順暢無比。
喀擦
唰
微轉
微轉

土俵擂臺的對戰方式

①請伊豬豬和魯豬豬充當紙相撲的力士，感受看看在土俵擂臺四周只要怎麼被敲擊，身體就會怎麼樣跟著動。
移動到了這一帶，會往左邊移。
移動到這邊的話，容易摔倒。
1噸重
砰咚
②參考了伊豬豬和魯豬豬的意見之後，在改造的時候，相應調整了手指的長度、敲擊的方式，以及使用的力道。
怎麼樣呢？魯豬豬。
把螺絲弄鬆一點，這樣有比較好嗎？
③當然，力道的調節，也同樣需要依靠佐羅力的操縱技巧。
哇啊，力道太猛了，輕一點啦——
於是，改造後的成品就是……

紙力士相撲專用的超級剪刀手

「佐羅山」2號機器人，完成啦！

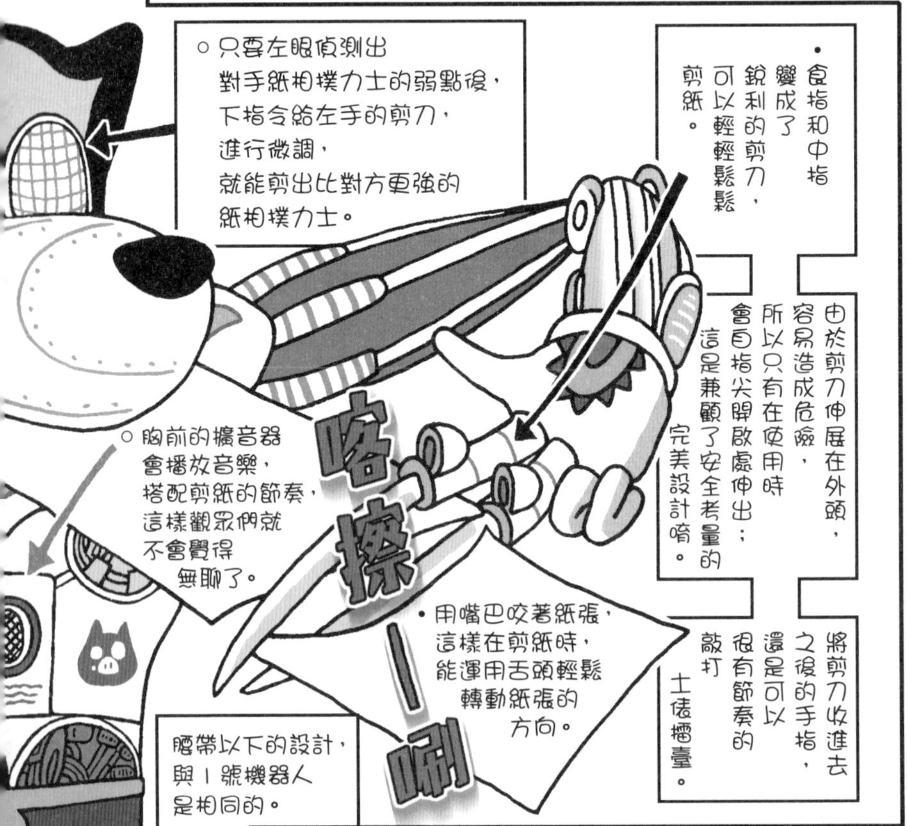

○只要左眼偵測出
對手紙相撲力士的弱點後，
下指令給左手的剪刀，
進行微調，
就能剪出比對方更強的
紙相撲力士。
・食指和中指變成了銳利的剪刀，可以輕輕鬆鬆剪紙。
由於剪刀伸展在外頭，容易造成危險，所以只有在使用時會自指尖開啟處伸出；這是兼顧了安全考量的完美設計唷。
○胸前的擴音器
會播放音樂，
搭配剪紙的節奏，
這樣觀眾們就
不會覺得
無聊了。
喀擦——唰
・用嘴巴咬著紙張，
這樣在剪紙時，
能運用舌頭輕鬆
轉動紙張的
方向。
將剪刀收進去之後的手指，還是可以很有節奏的敲打土俵擂臺。
腰帶以下的設計，
與1號機器人
是相同的。

在佐羅力的操縱下，機器人完成的作品。

用拿去幼兒園
當成裝飾也
沒問題的紙樣
連這麼細緻的
剪紙畫都能
剪得出來呢

● 佐羅力掌握了
讓「佐羅山」能夠
輕輕鬆鬆剪出任何造型
的技術。
當然，「佐羅山」還無法
立刻就能剪出史上
最強的紙相撲力士。

•食指的指尖可以往前伸展，連距離很遠的土俵擂臺還都敲擊得到。
咚咚
咚咚
•左手的剪刀收起來，手指同樣能夠敲打土俵擂臺喔。
•右眼將變成雷達，可以即時發出關鍵訊息，回報土俵擂臺的狀況告知手指敲擊何處，可以讓對手的紙力士更快倒下。

要是有一臺巨大的鋼琴，我會讓大家看到這個機器人，可以用它修長的手指彈奏出何等流暢悅耳的旋律。

怎麼樣呢？這麼一來，不管多強的紙相撲力士來襲，應該也所向無敵啦。

佐羅力他們自信滿滿的走向即將舉行第二場賽事的土俵擂臺。

結果，他們竟然看到機器人「噗嚕海」正昂然挺立在土俵擂臺上。

「什麼？第二場比賽不是要比賽紙相撲啊？」

佐羅力追問噗嚕嚕。

那是當然囉，我們今天要比的是手指相撲。要是五天都比一樣的比賽，觀眾也會覺得很無聊吧，所以我們每天都會安排不同的相撲賽。

昨天，我們正打算向你說明，但是比賽才結束，你就說「明天，本大爺保證一定會

讓大家看到最精采的對戰」，之後就走回休息室去，我還以為你一定很清楚今天要比什麼呢……

「不、不，那、那個……」

佐羅力緊緊抓著遙控器，陷入慌亂，他們再一次因為自以為是而搞錯狀況。

這時，裁判的聲音已經響起：

「時間到，兩兩相對，兩兩相對。」在裁判的催促下，兩個機器人的手指交握在一起。

參加手指相撲力士比賽的「噗嚕海」，有著結實而且看起來很有力的手掌，還有特別粗大的大拇指。

相對的，「佐羅山」的手指顯得十分纖細。

這樣的手指，雖然能夠靈活的

運用剪刀剪東西，雖然能夠輕巧的彈奏鋼琴，恐怕對於今天這場比賽毫無幫助。

「放手一搏，加把勁！開始！」裁判喊出比賽口令……

一折

專門為紙力士相撲所改造成的「佐羅山」，它那纖細的手指，

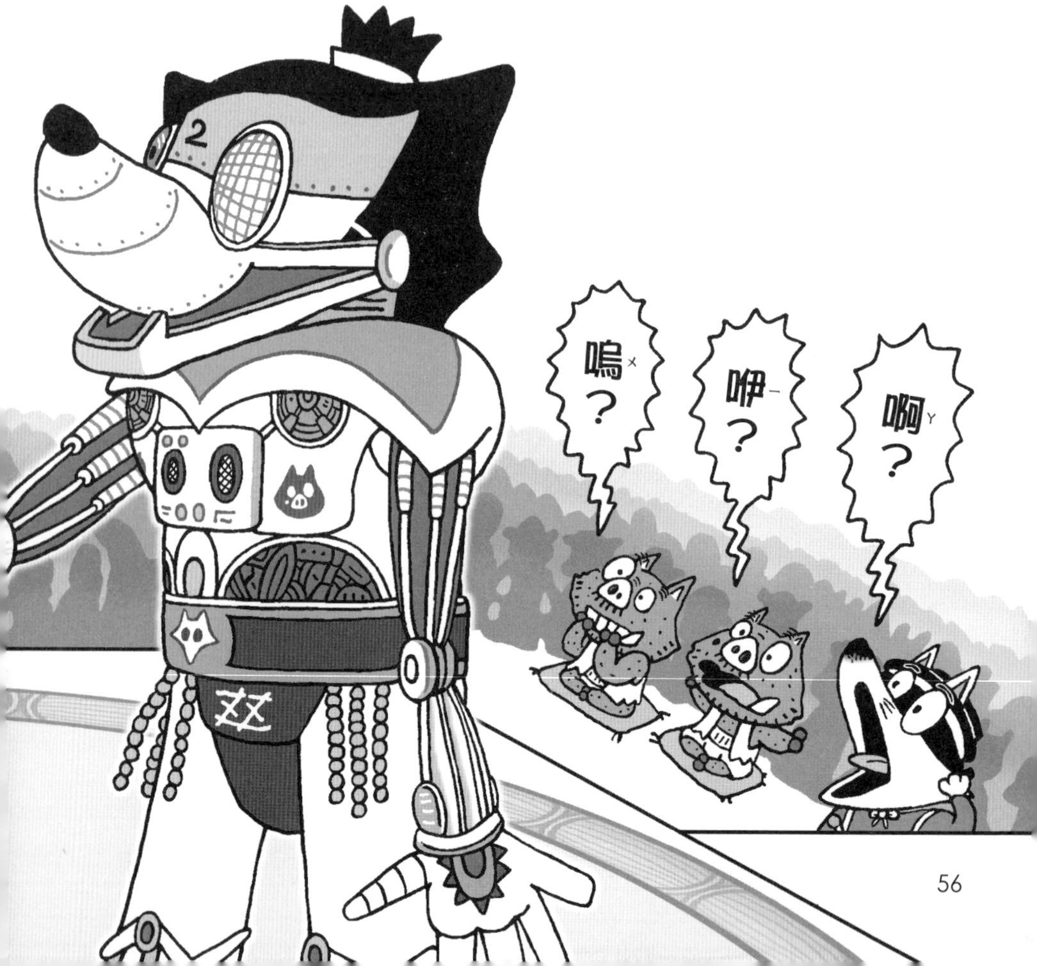

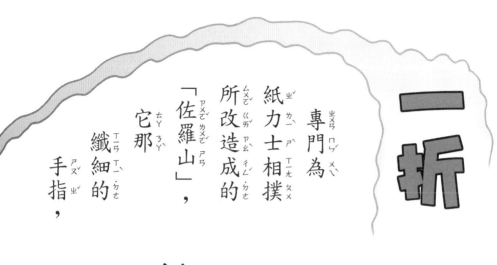

轉眼間
就被「噗嚕海」
的巨大大姆指
給壓彎，
比賽一下子
便分出高下。
過了一會兒，
驚呆的
佐羅力才——

回過神來，很不甘心的

逼問噗嚕嚕：

「哼，我沒想到

每天的相撲比賽方式

竟然都不一樣。

喂，噗嚕嚕，明天是什麼相撲賽呢？」

「你總算發問啦，

佐羅力先生。

明天進行的是腕力相撲賽，

如果你輸了的話，就得一輩子為我們噗嚕嚕食品賣命工作。你可要有所覺悟啊，噗啊哈哈。」

噗嚕嚕晃動著手中的合約說道。

沒錯，明天如果「佐羅山」的手腕被扳倒的話，便是三連敗，而且是徹徹底底輸了。

佐羅力已經毫無退路了。

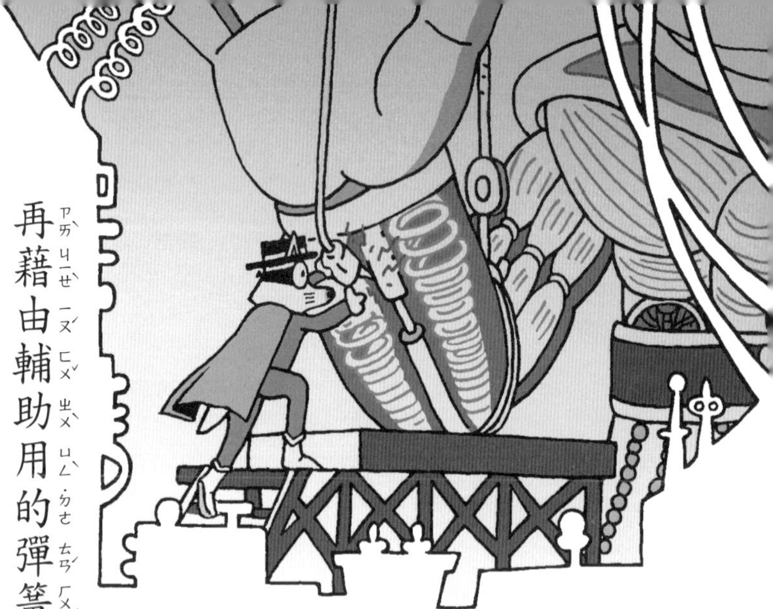

回到休息室以後，佐羅力馬上開始進行改造。他們透過電腦查詢腕力相撲的相關資料，然後替「佐羅山」裝上握力強大的手臂，再藉由輔助用的彈簧，使手臂能敏捷的轉動，也在手肘處加裝秤錘，好讓機器人不會輕易的在土俵擂臺上移動。

為了贏得腕力相撲，
佐羅力把任何能夠想到的
改造方式都用上了。
但是，伊豬豬和魯豬豬仍然不放心。
因為，如果明天沒有獲勝的話，
三個人的旅行就得結束了。
與佐羅力大師的離別已經等在那兒啦，
所以絕對、絕對不能輸。
於是，

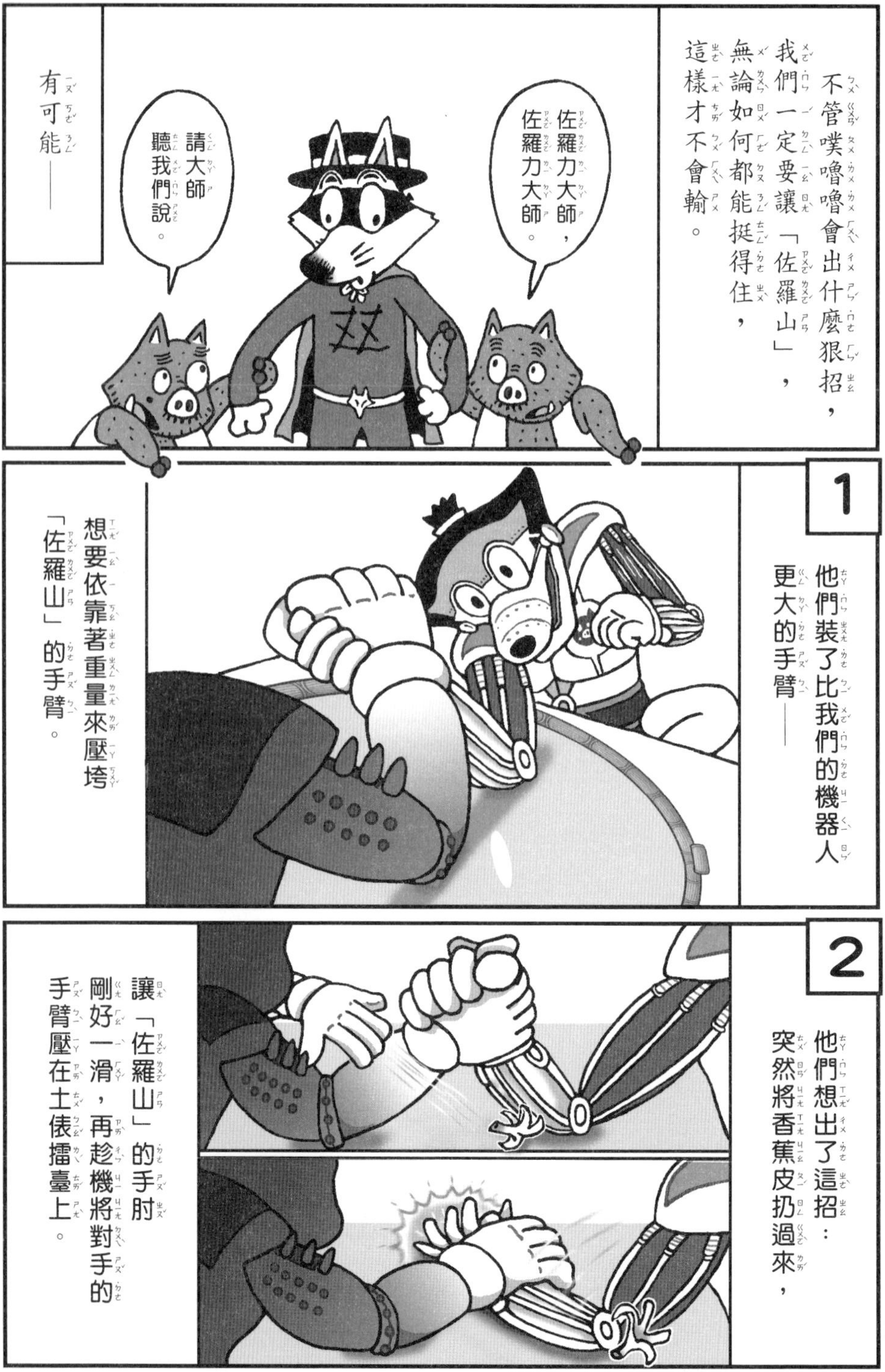
不管噗嚕嚕會出什麼狠招，
我們一定要讓「佐羅山」，
無論如何都能挺得住，
這樣才不會輸。
佐羅力大師，佐羅力大師。
請大師聽我們說。
有可能——
1
他們裝了比我們的機器人
更大的手臂——
想要依靠著重量來壓垮
「佐羅山」的手臂。
2
他們想出了這招：
突然將香蕉皮扔過來，
讓「佐羅山」的手肘
剛好一滑，再趁機將對手的
手臂壓在土俵擂臺上。

3
如果在「噗嚕海」好像快要輸掉時，突然，噗嚕嚕——
不好意思，不好意思啊，我看我們還是改成紙力士相撲賽或手指相撲賽吧。
這麼說的話，我們該怎麼辦呢？
4
要是比賽一直分不出高下，時間不斷延長，整整比了三天三夜，那麼，肚子餓癟癟的我們，又應該怎麼辦呢？
嗚嗚～我餓到連操縱遙控器的力氣都沒有了。
我們這邊是噗嚕嚕食品公司，別的沒有，吃的東西一大堆呢，噗哈哈哈哈哈。
我們需要擔心到這種程度啊？嗯……
要先裝那個然後再裝這個
這裡這樣改那裡那樣改
於是，為了讓伊豬豬和魯豬豬的擔憂全部轉換為安心，佐羅力便改造出了——

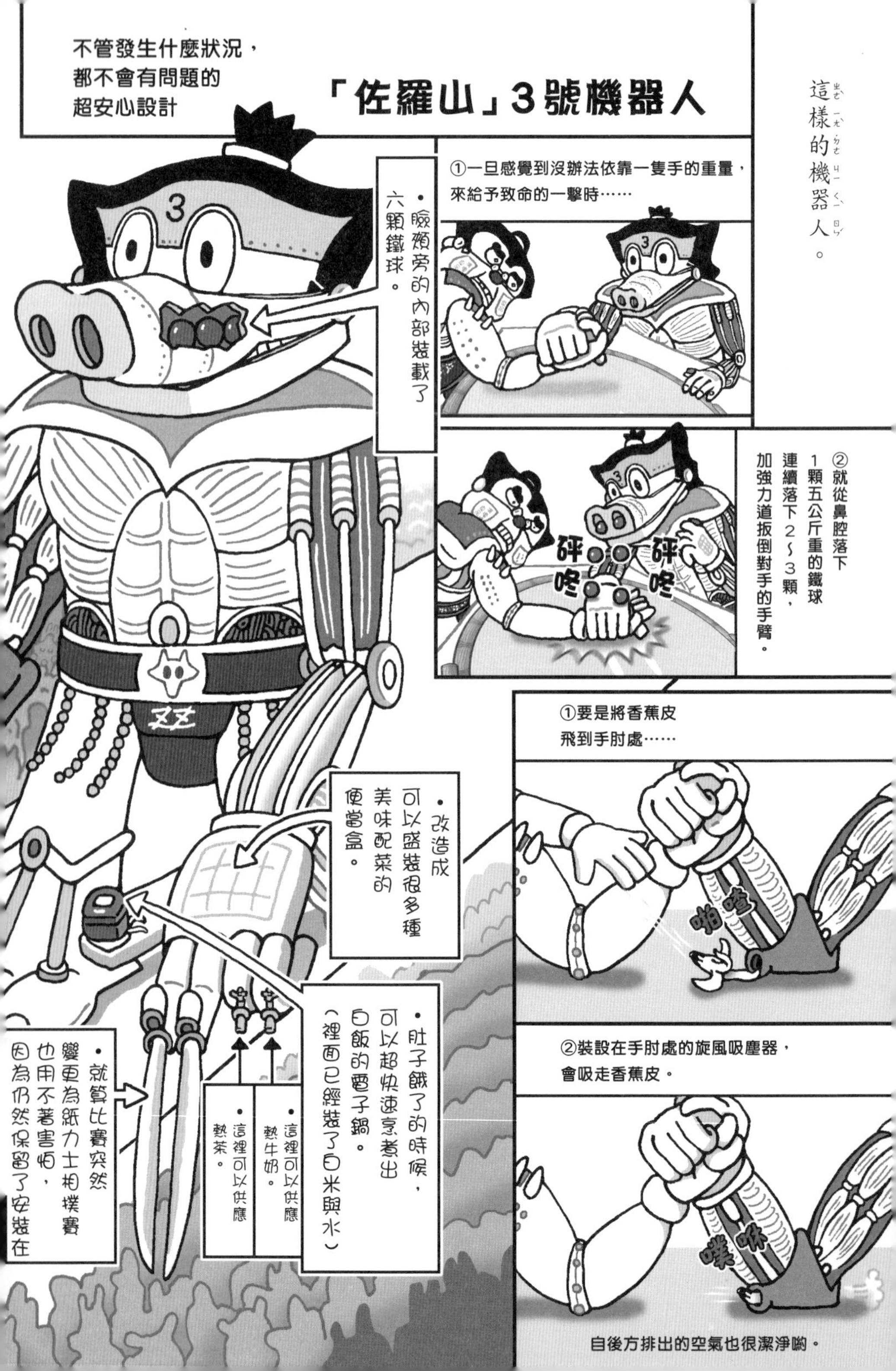
這樣的機器人。
不管發生什麼狀況，都不會有問題的超安心設計
「佐羅山」3號機器人
①一旦感覺到沒辦法依靠一隻手的重量，來給予致命的一擊時……
②就從鼻腔落下1顆五公斤重的鐵球連續落下2～3顆，加強力道扳倒對手的手臂。
砰咚
砰咚
•臉頰旁的內部裝載了六顆鐵球。
•改造成可以盛裝很多種美味配菜的便當盒。
•肚子餓了的時候，可以超快速煮出白飯的電子鍋。（裡面已經裝了白米與水）
•這裡可以供應熱牛奶。
•這裡可以供應熱茶。
•就算比賽突然變更為紙力士相撲賽也用不著害怕，因為仍然保留了安裝在
①要是將香蕉皮飛到手肘處……
啪嗒
②裝設在手肘處的旋風吸塵器，會吸走香蕉皮。
咻噗
自後方排出的空氣也很潔淨喲。

像這樣經過百鍊千錘才擬定出來的對策，應該不管再發生什麼狀況，也不需要擔心了。

只不過，由於3號機器人的右手太重了，很難取得平衡，因此在他們到達土俵擂臺之前，有三次差點兒摔倒。

・即使變更為「手指相撲賽」，也能從此處伸出第一大拇指與第二大拇指合體，變得超粗壯。
比例加大整整一倍的手掌，握力也加強了20倍。
・過重的右手，將以移動式輔助輪來支撐。（比賽時可以卸下此項裝置）
滾動
滾動
滾動
滾動

看哪，腕力相撲賽的土俵擂臺上，
「佐羅山」與「噗嚕海」的手肘
已經抵住了土俵擂臺，
兩隻手牢牢的交握。
「噗嚕海」的手比想像中來得小，
被「佐羅山」的手整個包覆住。
佐羅力看到這個情景，
確信自己會獲勝。

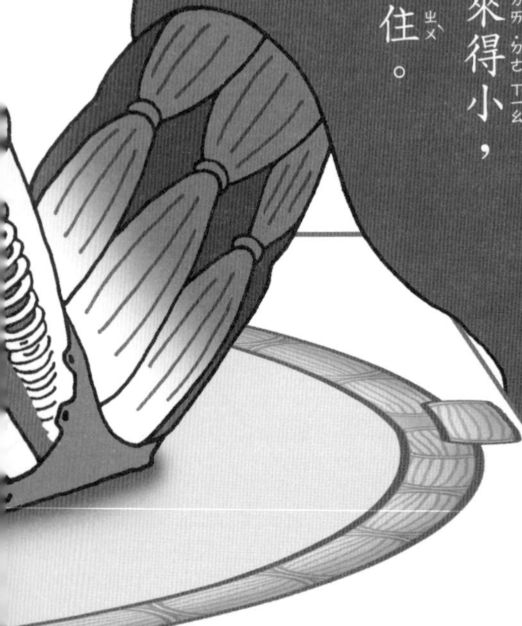

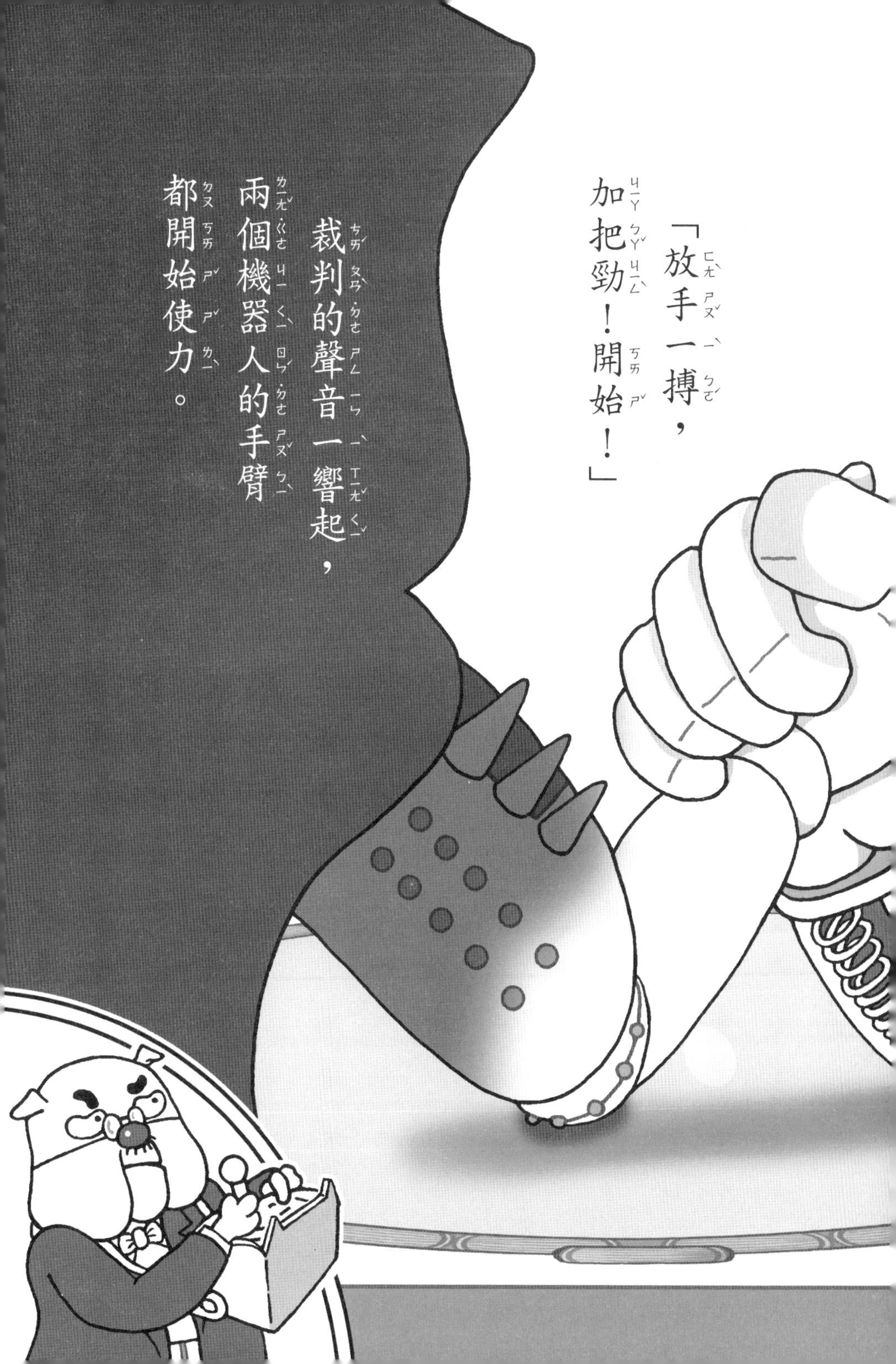

「放手一搏，加把勁！開始！」

裁判的聲音一響起，兩個機器人的手臂都開始使力。

佐羅力
想讓勝負立即分曉，
所以將「佐羅山」
手臂的重量，

全部壓在
「噗嚕海」的手上。

然而，他卻沒辦法
簡簡單單扳倒對方的手臂。
於是，佐羅力

讓「佐羅山」的鼻孔
落下四顆鐵球

掉落在手背上加壓。

搖搖晃晃。「噗嚕海」受不了重壓，它的手背就快要碰到土俵擂臺了。
噗嚕嚕連忙按下遙控器上的紅色按鈕。於是——
「噗嚕海」伸出了手指……
咻嚕嚕嚕嚕嚕嚕
一直伸到「佐羅山」的手背上，將鐵球彈開。
並且，
猛力將重量已經變輕的「佐羅山」手臂往上頂，
用力
更猛的是——

「噗嚕海」的指尖猛地往前竄。

天哪，他的手指中竟然藏有鐵鍊，那鐵鍊還扎進了土俵擂臺裡。

而且鐵鍊——

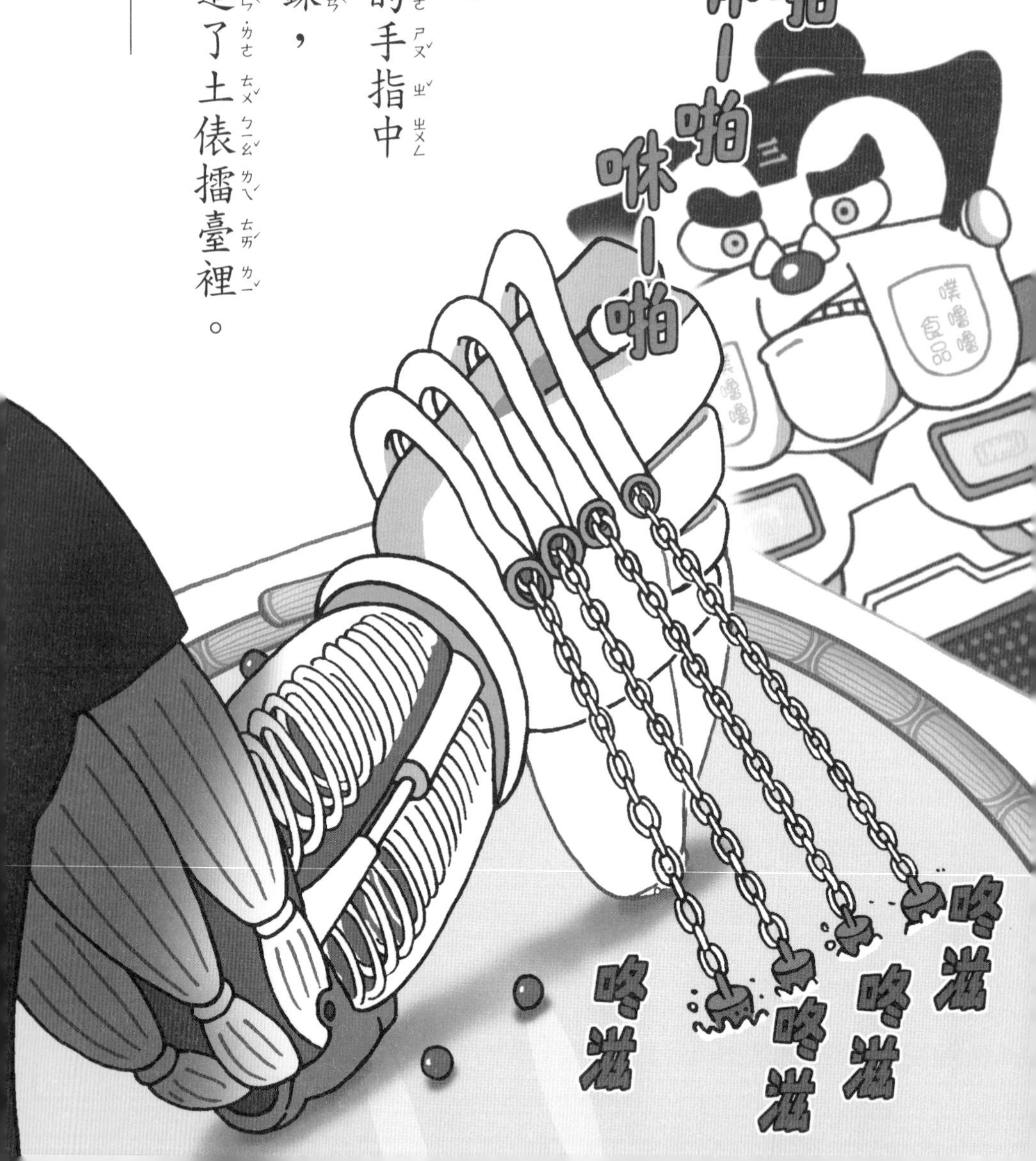

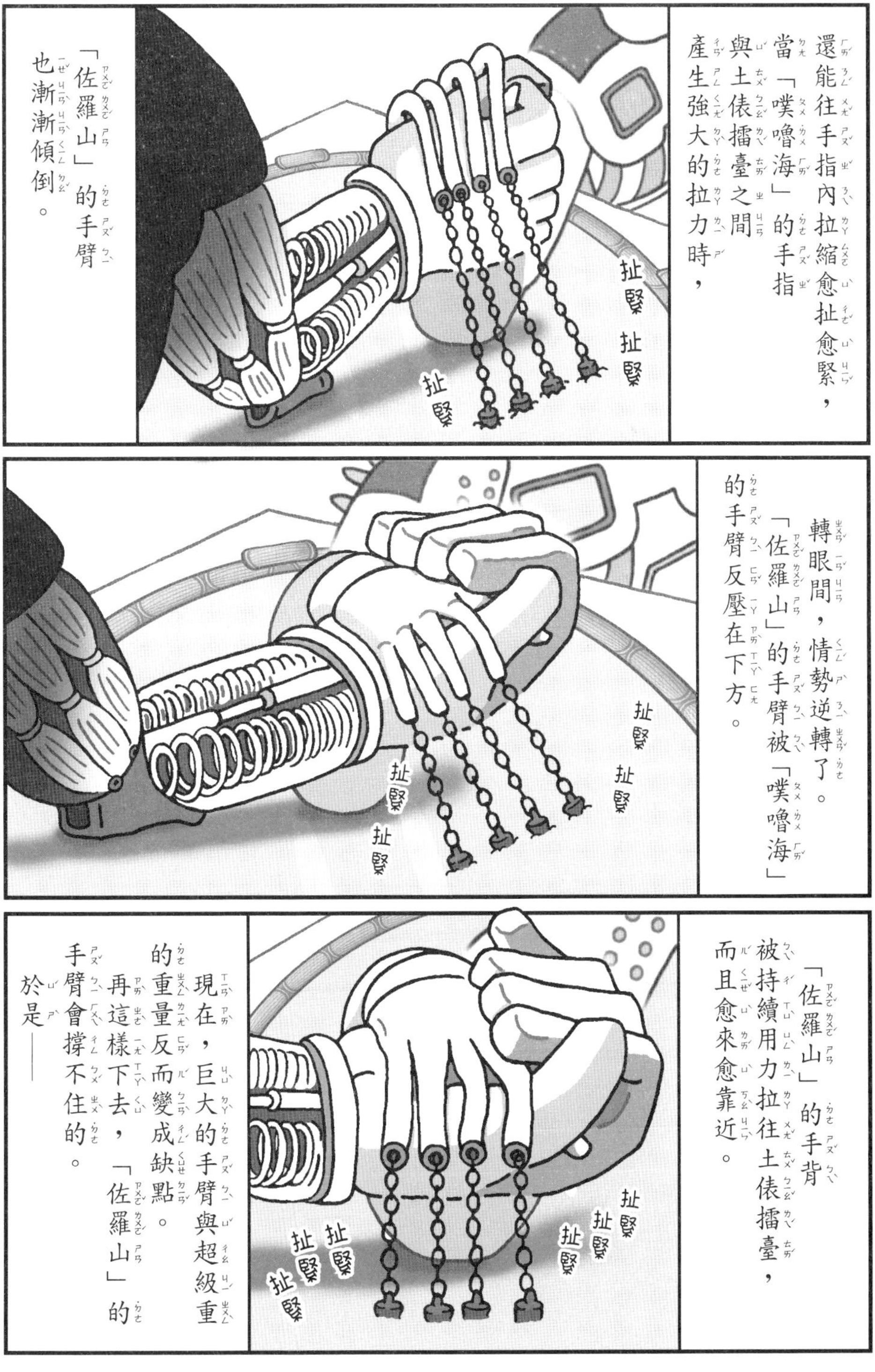
還能往手指內拉縮愈扯愈緊，
當「噗嚕海」的手指
與土俵擂臺之間
產生強大的拉力時，
扯緊
扯緊
扯緊
「佐羅山」的手臂
也漸漸傾倒。
轉眼間，情勢逆轉了。
「佐羅山」的手臂被「噗嚕海」
的手臂反壓在下方。
扯緊
扯緊
扯緊
扯緊
「佐羅山」的手背
被持續用力拉往土俵擂臺，
而且愈來愈靠近。
扯緊
扯緊
扯緊
扯緊
扯緊
扯緊
現在，巨大的手臂與超級重
的重量反而變成缺點。
再這樣下去，「佐羅山」的
手臂會撐不住的。
於是——

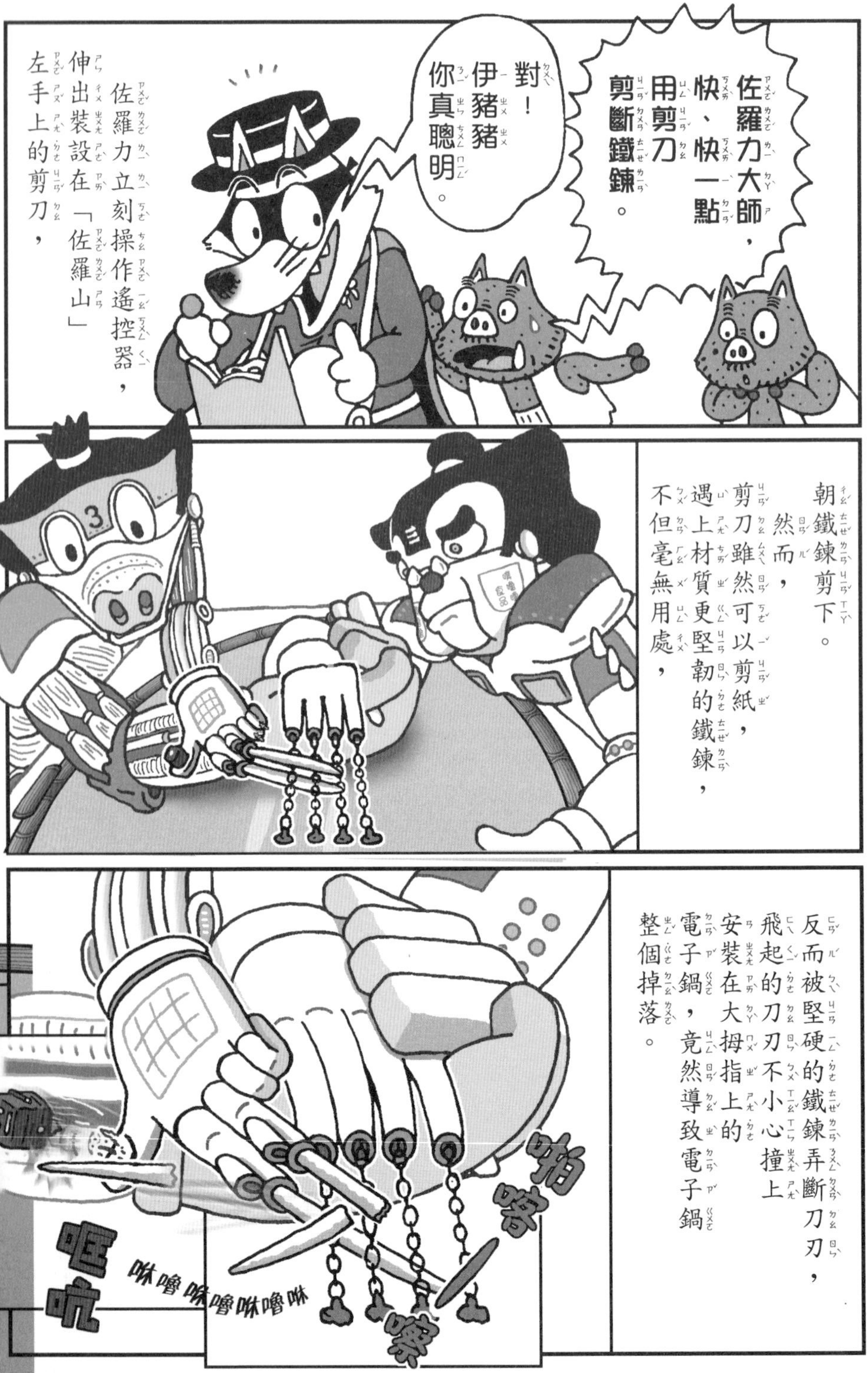
佐羅力大師，快、快一點用剪刀剪斷鐵鍊。
對！伊豬豬你真聰明。
佐羅力立刻操作遙控器，伸出裝設在「佐羅山」左手上的剪刀，
朝鐵鍊剪下。
然而，剪刀雖然可以剪紙，遇上材質更堅韌的鐵鍊，不但毫無用處，
反而被堅硬的鐵鍊弄斷刀刃，飛起的刀刃不小心撞上安裝在大拇指上的電子鍋，竟然導致電子鍋整個掉落。
啪嗒
嚓
咻嚕咻嚕咻嚕咻
哐吭

噗咻咻！

電子鍋脫落的那一瞬間，
開關被啟動了，
因而整個鍋子一邊在土俵擂臺上亂飛，
一邊蓬蓬冒出水蒸氣來。
當米飯煮熟的香氣
四處飄散時，
瀰漫於土俵擂臺上的白煙
也散了。
由於——

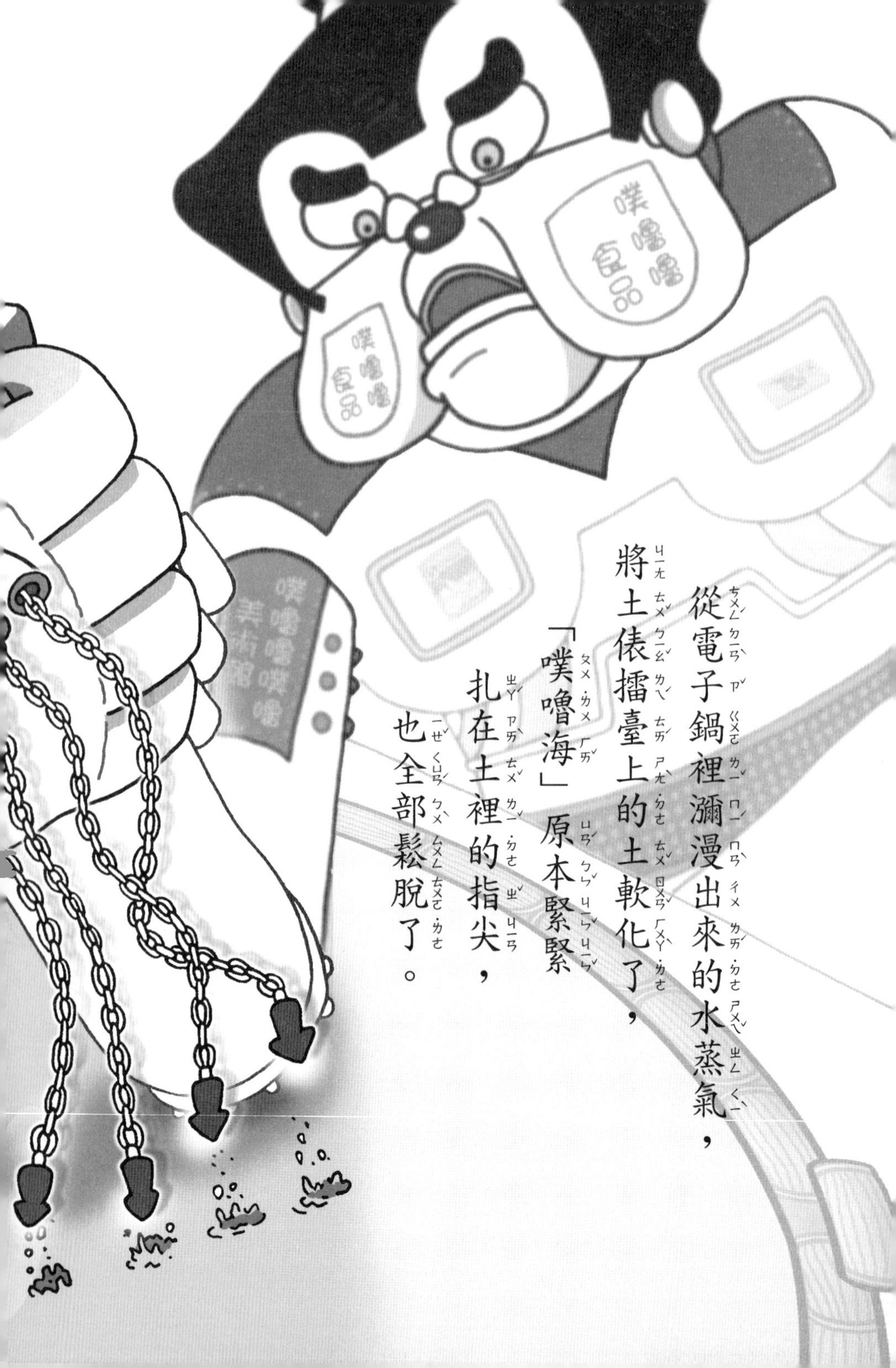

從電子鍋裡瀰漫出來的水蒸氣，
將土俵擂臺上的土軟化了，
「噗嚕海」原本緊緊
扎在土裡的指尖，
也全部鬆脫了。

佐羅力一看到這個情景，
立刻操縱遙控器，
將「佐羅山」的右手
用力舉起，
而且將全身的重量
完全傾注在右手上……

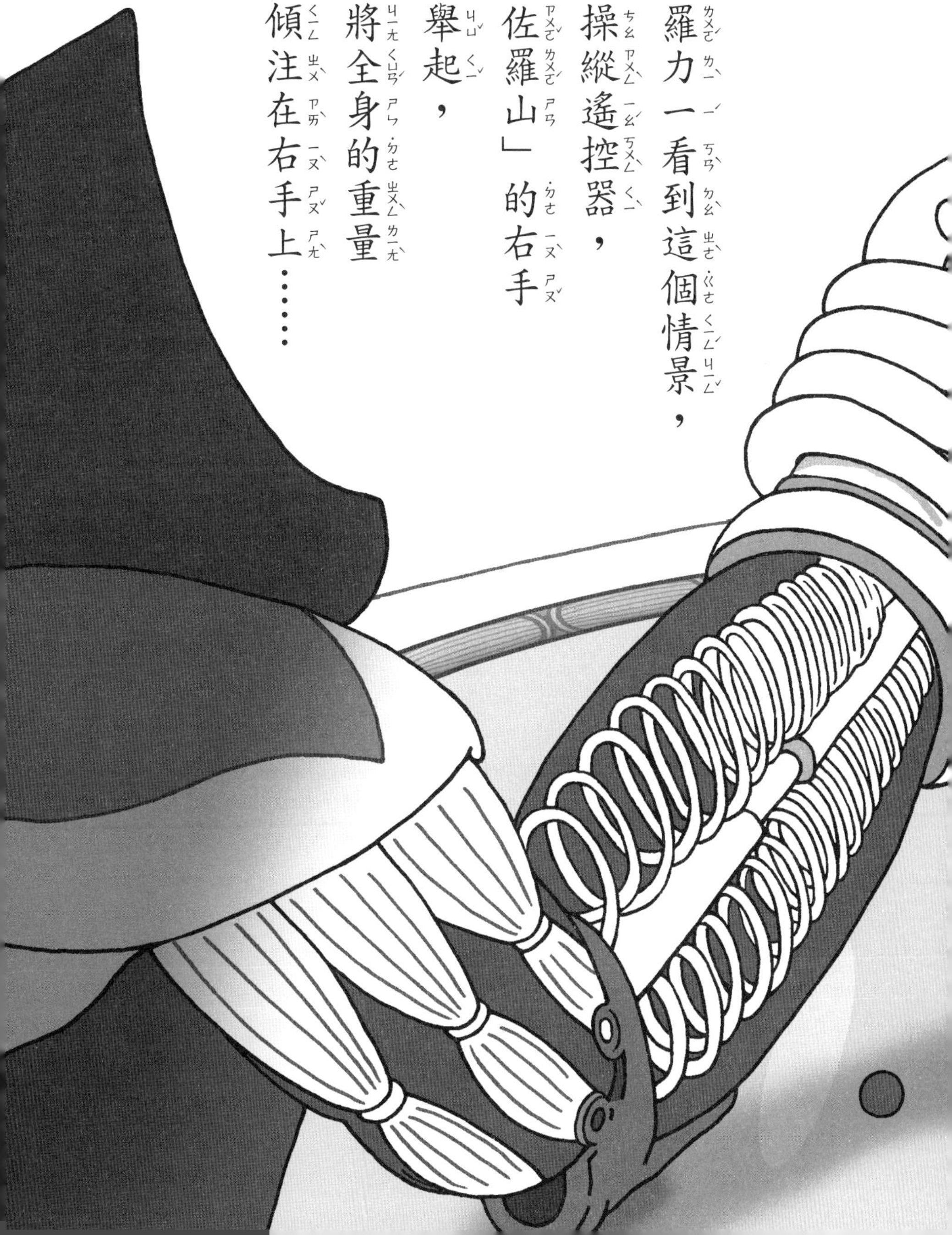

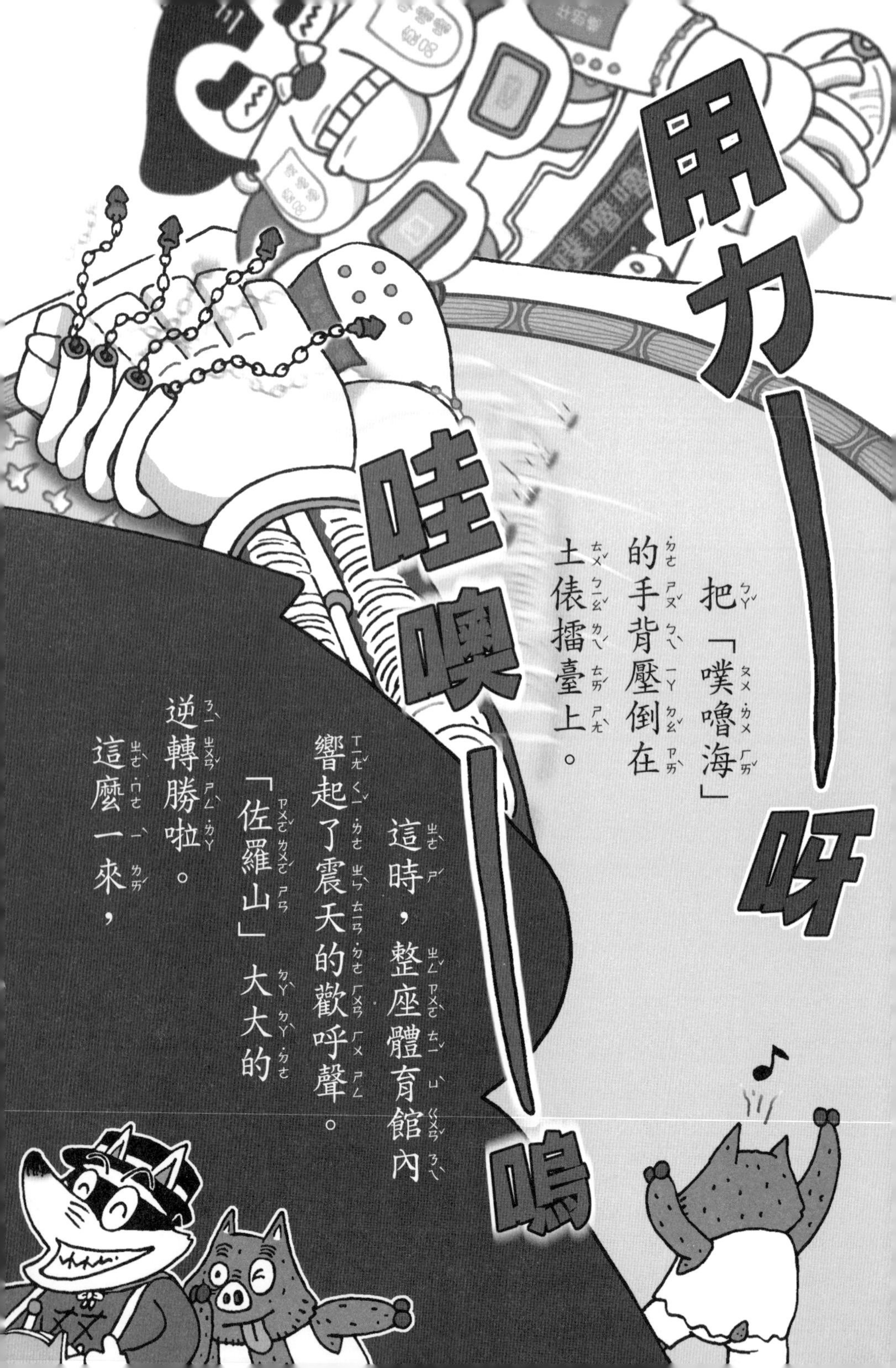

把「噗嚕海」的手背壓倒在土俵擂臺上。

這時，整座體育館內響起了震天的歡呼聲。「佐羅山」大大的逆轉勝啦。

這麼一來，

就得等明天比賽後，才能知道答案。

「噢，佐羅力先生很強嘛，觀眾也超嗨的，我的鬥志也變旺盛了呢。好，明天比的是屁屁相撲。屁屁相撲，你們不會有問題吧。就讓我們雙方都使出全力，來場最酷的競賽吧。」

噗嚕嚕微微一笑。

他臉上就帶著這從容的笑意，領著摳噗嚕回休息室去了。

在休息室中，噗嚕嚕對摳噗嚕說：

「當我說到明天要比的是

屁屁相撲時，

你看到佐羅力

露出了高興的表情嗎？」

「對啊，

看到他那副高興的樣子，

立刻曉得他會怎樣

改造『佐羅山』。」

「沒錯，當屁屁與
伊豬豬、魯豬豬兩個
連結在一起時，
他們那些傢伙
應該只會想到
這個作戰策略，
也就是……」

噗嚕嚕與摳噗嚕
面對著面，同時大喊：

「沒錯，讓伊豬豬和魯豬豬坐進『佐羅山』中空的屁股裡，藉由兩人所放的臭屁，再將『噗嚕海』從土俵擂臺噴飛。一定是這樣錯不了的。」

噗嚕嚕畫出了想像圖，說道：

「那就讓我們把兩人的臭屁封鎖住吧。」

這次換成摳噗嚕畫了一張圖：

從「噗嚕海」的屁股伸出兩隻手來，
擋住伊豬豬和魯豬豬隱藏在
『佐羅山』體內的屁股。

「嗯，摳噗嚕，
你這個點子好耶……」

噗嚕嚕兩臂交叉，
沉思了好一會兒——

「摳噗嚕，
我們不可以小看
那兩個傢伙的臭屁。
用來擋住兩人屁股的手，
可能一起被屁噴飛
也說不定喔。」
「董事長，
這樣的話，那我們
就只能試著躲開臭屁，

但土俵擂臺那麼小，
沒什麼可躲的地方啊。」
摳噗嚕的這個想法，
給了噗嚕嚕靈感。

「對了，如果不得不正面
承受臭屁，也挺好的呀！」

噗嚕嚕立刻著手進行
「噗嚕海」的改造，
完成後的模樣便是這樣——

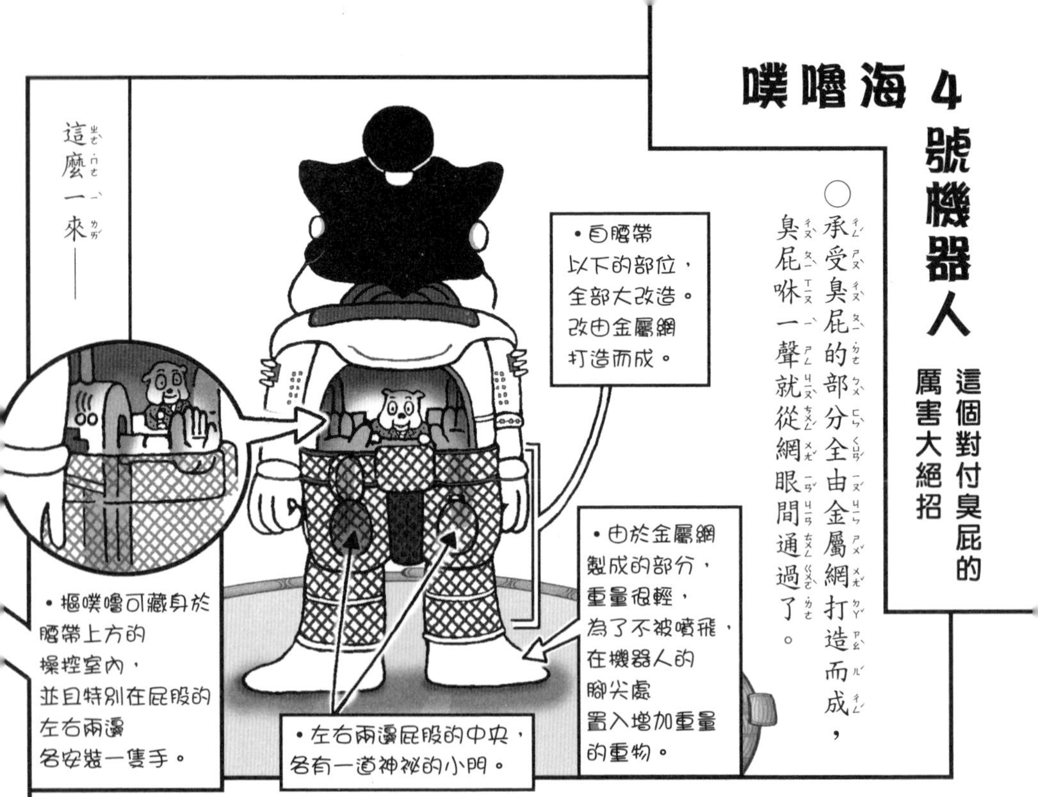
噗嚕海4號機器人
這個對付臭屁的厲害大絕招
○承受臭屁的部分全由金屬網打造而成，臭屁咻一聲就從網眼間通過了。
・自腰帶以下的部位，全部大改造。改由金屬網打造而成。
・由於金屬網製成的部分，重量很輕，為了不被噴飛，在機器人的腳尖處置入增加重量的重物。
・左右兩邊屁股的中央，各有一道神祕的小門。
・摳噗嚕可藏身於腰帶上方的操控室內，並且特別在屁股的左右兩邊各安裝一隻手。
這麼一來——

○即使承受了臭屁的攻擊，
看，臭屁就會像這樣從網子穿越而過。
等臭屁通過後，便讓藏在上方的兩隻手——
嘶
噗

承藉由噗嚕嚕的操控往下降，
喀碰
喀碰
從屁股的小門對準「佐羅山」，連續施展「掌擊屁屁」決勝技。
這麼一來，「佐羅山」將會從土俵擂臺摔落，最後由「噗嚕海」獲得了勝利。
就這樣，比賽時間已經漸漸逼近了。噗嚕嚕一副勝券在握的模樣，朝著土俵擂臺走去。
至於……
噗嚕嚕董事長，請放心。全部包在我身上。
走吧，摳噗嚕。

總是姍姍來遲的佐羅力，已經讓「佐羅山」站上土俵擂臺準備好，等待比賽時間到來。

噗嚕嚕的預料果然沒錯，伊豬豬和魯豬豬就坐在「佐羅山」屁股內的空間。

看樣子，
他們想採取的
就是以臭屁噴飛
「噗嚕海」的作戰策略。
「嗚呼呼呼，
噗嚕嚕滿懷自信的
佐羅力，你注定失敗囉！」
讓「噗嚕海」登上土俵擂臺。
看哪！屁屁相撲大賽，就要展開啦。

噗噗噗～計謀早就被看穿了啦。
嗚呼呼呼

「放手一搏，加把勁！開始！」

裁判的口令一出，伊豬豬和魯豬豬就從「佐羅山」的腰臀部位一起往外翹起屁股。

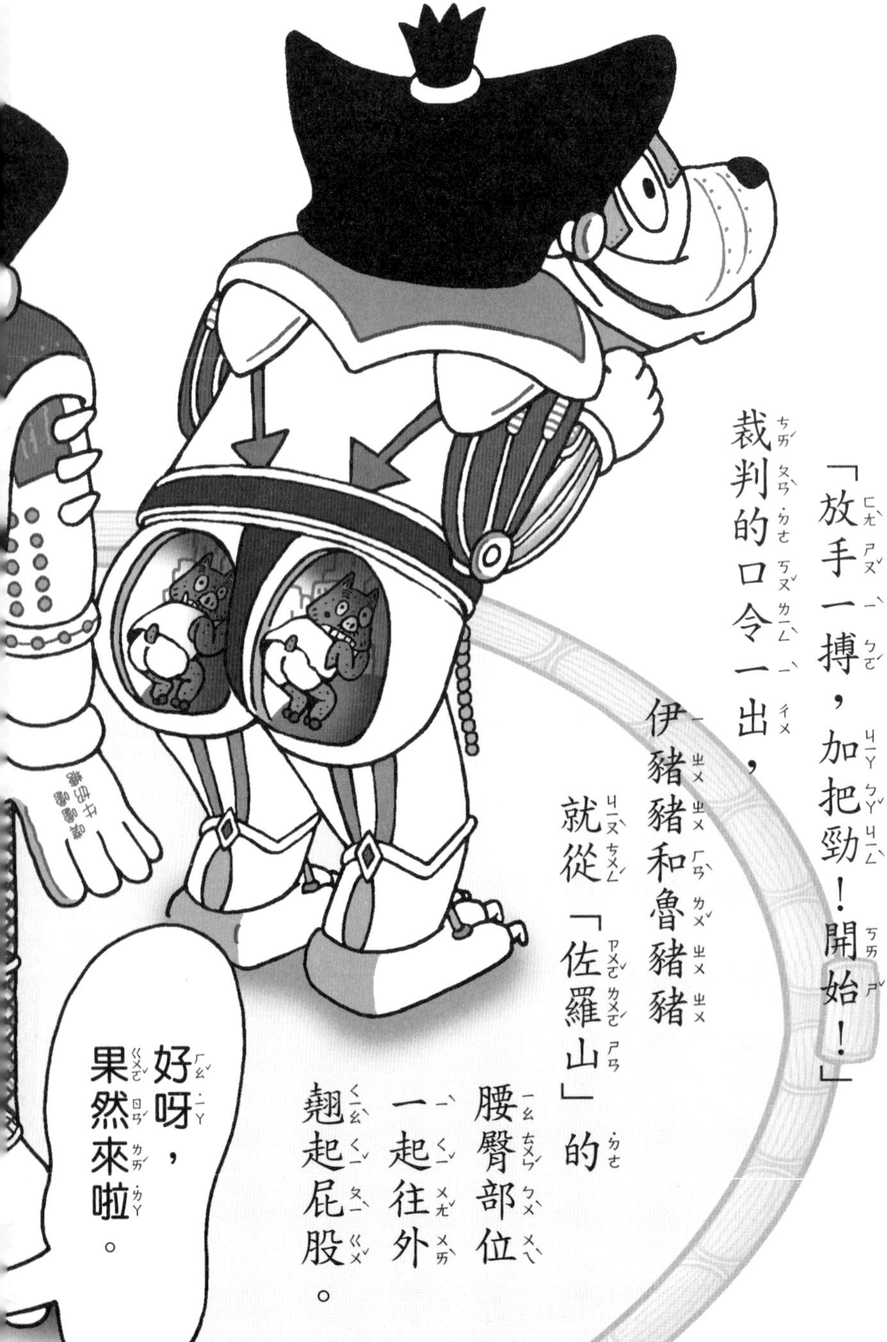

噗嚕嚕以遙控器操縱，讓「噗嚕海」叉開雙腳使勁站穩，接著，便等待臭屁通過。

突然間，伊豬豬和魯豬豬所在的「佐羅山」腰臀處……

當伊豬豬和魯豬豬一起
朝向土俵擂臺外
發射臭屁。
這時，
在強大的臭屁力道
用力推動下，
居然飛快旋轉了一百八十度。

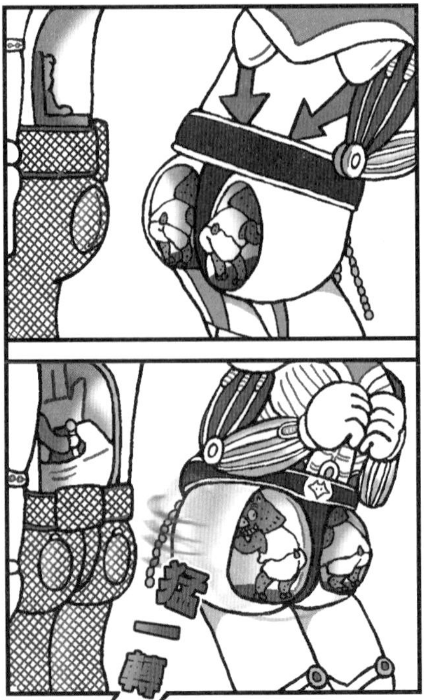

「佐羅山」的屁股

就猛力撞上「噗嚕海」的屁股……

被撞翻的「噗嚕海」就這樣載著摳噗嚕，撞破了體育館的屋頂，往外飛去。

由於這是
一瞬間內所發生的變化，
全場觀眾都呆若木雞好一陣子，
沒有人發出一點聲響。
當裁判的指揮扇
朝向「佐羅山」舉起時，
場內的歡呼聲震天轟響。

今天的比賽毫無爭議的，
是由佐羅力取得勝利。
這麼一來，
就是二比二平手了。
究竟誰勝誰負，
還得等到
明天的比賽才能見分曉。
賽程演變到目前的狀況，
不管噗嚕嚕或佐羅力，

都將得要拚盡全力才能
比出真正的高下。
明天的比賽一定會非常精采，
也一定會在人們的口中一再傳誦下去吧。

正當大家滿懷期待、滿心興奮時，
全身沾滿奶油的摳噗嚕奔進體育館內。

「噗嚕嚕董事長，
糟、糟、糟糕了啦——」

朝他所指的方向看去，

山丘上的蛋糕城已經全毀了，連一點點原本的模樣都辨認不出來。

原來，被撞飛的「噗嚕海」正好衝向蛋糕城，而且狠狠的撞了上去。

哇！天哪——
啊～啊！
怎麼會這樣。都是因為「噗嚕海」的關係，害本大爺應該得到的蛋糕城全毀了。

照現在這個樣子，繼續比賽下去也沒意義啦。比賽中止，到此結束啦。
走吧，伊豬豬、魯豬豬，我們還是繼續我們的旅途吧。噗嚕嚕，再見啦。

佐羅力這麼說著，一轉身卻看到——

包含噗嚕嚕、摳噗嚕，
還有觀眾們，大家全都狠狠瞪著
佐羅力和伊豬豬、魯豬豬，
並且七嘴八舌的抱怨著。

喂，喂，現在大家這麼不滿，你打算怎樣平息呢，佐羅力先生！我們可是花了大把大把的鈔票來舉辦這個活動，就是為了提高噗嚕嚕的聲譽，沒想到現在卻得到反效果。再這樣下去，本公司要是倒了，你說你要怎麼處理呢？總之，你先將辦活動花掉的錢，以及顧客們買零食的費用，全部賠償給我們再說。
什麼～～ 要我賠償——？本大爺身上連一塊錢也沒有啊。看樣子，是沒辦法請大家寬宏大量的原諒我啦……好——我知道了，給我一點時間，我會想出辦法，讓現場的所有人都從怒氣沖沖變為開開心心，噗嚕嚕食品公司也絕對不會倒。
公司要是倒閉了，我也沒工作啦，請千萬拜託再想想看有沒有什麼辦法。

佐羅力獲得了
平息眾怒的機會，
但是他可以運用的時間，
只有今天到明日白天為止。

等大家都回去了，
佐羅力立刻拿起遙控器
操縱「佐羅山」行動，
先將被撞爛的蛋糕城
和被埋在廢墟裡面
的「噗嚕海」
全都收拾整理好。

接著，他要伊豬豬和魯豬豬從休息室把工具和零件都拿過來，開始製作某樣東西。

他們敲敲打打的聲音，響徹了一整個夜晚。

第二天傍晚，佐羅力他們似乎得到了大家的原諒，三人又一起踏上旅程了。
真不愧是佐羅力大師，不管是噗嚕嚕或摳噗嚕，還有觀眾們，大家都好歡樂啊。
雖然說我們是超級愛吃鬼，也沒辦法一次將那座毀掉的蛋糕城全部吃光光，還收拾得乾乾淨淨啊。
看吧，那座蛋糕城一點也沒浪費，徹徹底底被本大爺利用了吧。其實，放著被毀的蛋糕城不管，偷偷逃走，也挺好的。只不過，本大爺可不希望家長教師聯誼會和教育委員會的成員，讀了這本書之後，認為糟蹋食物的故事實在太不像話，因而生氣、發火了。
大吃特吃
我們呢，也吃蛋糕，吃得飽飽的，好滿足哇。看，還讓我們外帶呢。

然而，請大家好好的想想，
毀了那座蛋糕城，真的全——
是本大爺的責任嗎？
怎麼會有人故意
將自己想得到的城堡
弄壞呢？對吧？
不過，
如果比賽到最後，
結果卻輸掉，就不能與
伊豬豬、魯豬豬
一起繼續旅行了。
城堡也好、新娘也好，
雖然都得等以後再說，
但我的夢想依然持續著。
走——朝著下一站出發囉！
嘻嘻呵呵。
不用和佐羅力大師分開，
三個人能繼續一起旅行，
還有什麼會比這個
更讓人感到開心呢。
我在保冷箱裡面
放了六個蛋糕，今天晚上，
我們三人就用這個
來慶祝慶祝吧。
唉呀呀，
故事就這樣結束了。
大家都還搞不清楚
佐羅力是怎樣平息眾怒的，
所以一定覺得很不舒服吧。
別擔心，你們只要看了
接下來的全景圖，
就會一清二楚啦。
敬請期待喲。

● 作者簡介

原裕 Yutaka Hara

一九五三年出生於日本熊本縣，一九七四年獲得KFS創作比賽「講談社兒童圖書獎」，主要作品有《小小的森林》、《手套火箭的宇宙探險》、《寶貝木屐》、《小噗出門買東西》、《我也能變得和爸爸一樣嗎？》、【輕飄飄的巧克力島】系列、【膽小的鬼怪】系列、【菠菜人】系列、【怪傑佐羅力】系列、【鬼怪尤太】系列、【魔法的禮物】系列等。

● 譯者簡介

周姚萍

兒童文學創作者、譯者。著有《我的名字叫希望》、《山城之夏》、《妖精老屋》、《魔法豬鼻子》等作品。譯有《大頭妹》、《四個第一次》、《班上養了一頭牛》、《那記憶中如神話般的時光》等書籍。曾獲「文化部金鼎獎優良圖書推薦獎」、「聯合報讀書人最佳童書獎」、「幼獅青少年文學獎」、「國立編譯館優良漫畫編寫」、「九歌年度童話獎」、「好書大家讀年度好書」、「小綠芽獎」等獎項。

得分

相撲力士機器人

這些相撲力士機器人，
是要用來放在書衣上的
土俵擂臺對戰的。

●製作方式
與遊戲方式，
請見封底說明。

●可以把這一頁
影印下來，製作出
更多相撲力士機器人。

裁切線
山折線

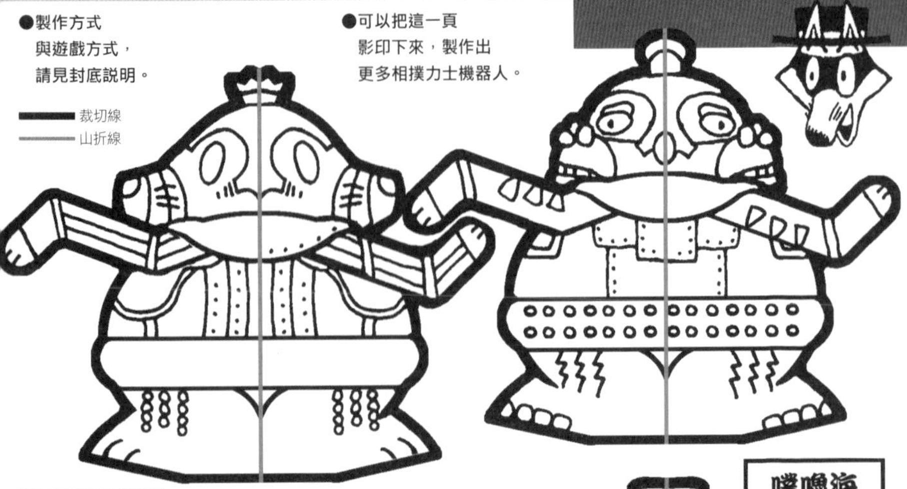

佐羅山

噗嚕海

麥卡里

吉大花

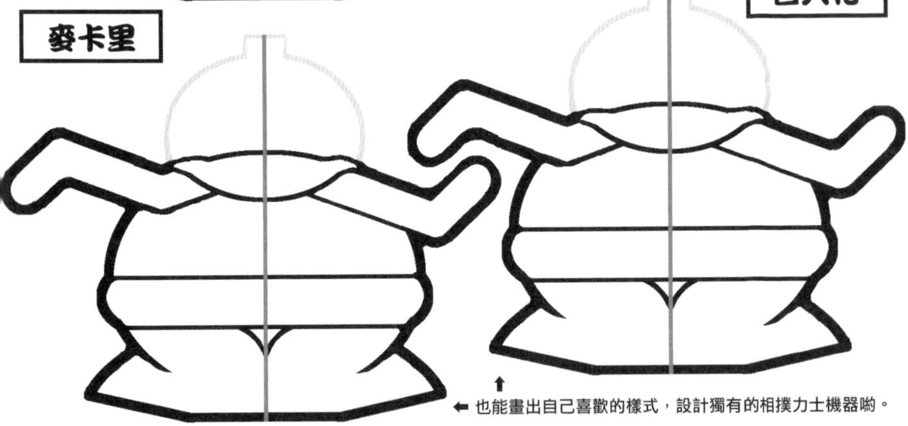

← 也能畫出自己喜歡的樣式，設計獨有的相撲力士機器喲。

國家圖書館出版品預行編目資料

怪傑佐羅力之機器人大作戰
原裕 文、圖；周姚萍 譯 --
第一版. -- 臺北市：親子天下, 2018.04
104 面；14.9x21公分. --（怪傑佐羅力系列；48）
譯自：かいけつゾロリのメカメカ大さくせん

ISBN 978-957-9095-37-2（精裝）

861.59 107001079

怪傑佐羅力系列 48

怪傑佐羅力之機器人大作戰

作者｜原裕（Yutaka Hara）
譯者｜周姚萍
責任編輯｜陳毓書
特約編輯｜游嘉惠
美術設計｜蕭雅慧
行銷企劃｜高嘉吟
天下雜誌群創辦人｜殷允芃
董事長兼執行長｜何琦瑜
兒童產品事業群
副總經理｜林彥傑
總編輯｜林欣靜
主編｜陳毓書
版權主任｜何晨瑋、黃微真
出版者｜親子天下股份有限公司
地址｜台北市 104 建國北路一段 96 號 4 樓
電話｜（02）2509-2800
傳真｜（02）2509-2462
網址｜www.parenting.com.tw
讀者服務專線｜（02）2662-0332
週一～週五：09：00~17：30
讀者服務傳真｜（02）2662-6048
客服信箱｜parenting@cw.com.tw
法律顧問｜台英國際商務法律事務所・羅明通律師
製版印刷｜中原造像股份有限公司
總經銷｜大和圖書有限公司
電話｜（02）8990-2588
出版日期｜2018 年 4 月第一版第一次印行
2022 年 10 月第一版第十七次印行
定價｜300 元
書號｜BKCH016P
ISBN｜978-957-9095-37-2（精裝）
訂購服務
親子天下 Shopping｜shopping.parenting.com.tw
海外・大量訂購｜parenting@cw.com.tw
書香花園｜台北市建國北路二段 6 巷 11 號
電話｜（02）2506-1635
劃撥帳號｜50331356 親子天下股份有限公司

如果是你，會怎麼玩呢？
讓機器人咚咚相撲更加有趣的好點子

（書衣的封底上有土俵擂臺可以使用，相撲力士機器人則附於書的最後頁。）

相撲足球

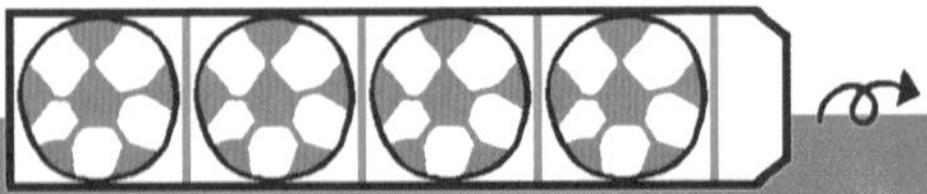

①影印足球卡、力士卡與黃牌卡之後，再組裝成以下的模樣。

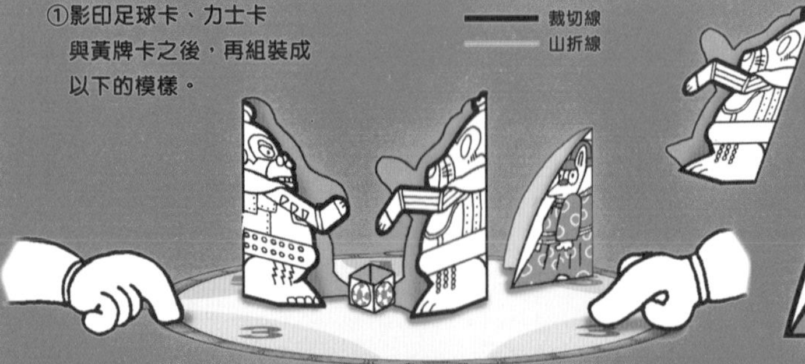

裁切線
山折線
3
3

裁判

②將兩個力士面對面放於土俵擂臺上，當中放上一顆足球。接著也讓裁判站上土俵擂臺。先將足球踢出土俵擂臺的力士獲勝。過程中若導致裁判摔倒者，得到一張黃牌。比賽中若摔倒 3 次，就必須退場（輸掉比賽）。如果足球因意外滾出土俵擂臺，便再比一次。

警告黃牌卡

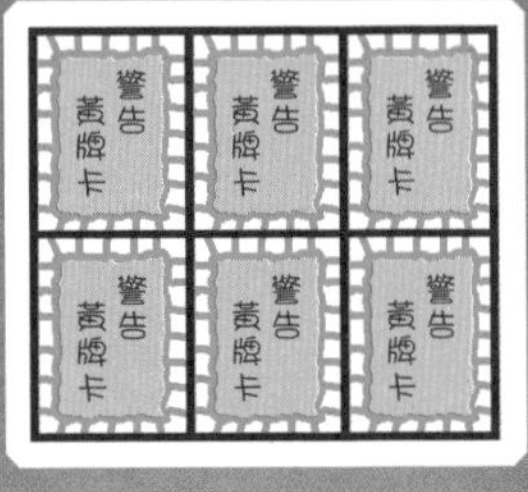

警告黃牌卡
警告黃牌卡
警告黃牌卡
警告黃牌卡
警告黃牌卡
警告黃牌卡

點數相撲

①讓一個相撲力士機器人站在土俵擂臺正中央，經過 20 秒的咚咚咚咚敲擊後，看力士移動到哪裡，就可獲得該區的點數。

②力士站立之處所寫的數字，便是可獲得的點數，若移動到沒有寫數字的地方，則為 0 點。假使力士移動到土俵擂臺外或是摔倒，便失去比賽資格。

5
3
3

5	4	3	2	1	姓名

試著尋找各種可以讓相撲力士機器人更容易動起來的臺子來玩，會很有趣喔。
不管是力士、土俵擂臺或比賽規則，大家都可以合力動腦想想看，討論後再一起玩玩看。
影印好的土俵擂臺

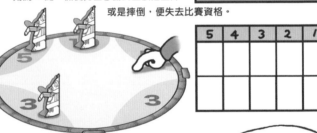